백강의 제국 2권

초판1쇄 펴냄 | 2017년 09월 08일

지은이 | 혁 작가
발행인 | 성열관

펴낸곳 | 어울림 출판사
출판등록 / 2009년 1월 23일 제313-2009-12호
주소 / 경기도 고양시 일산동구 장항동 731 동하넥서스빌딩 307호
TEL / 031-919-0122
FAX / 031-919-0127
E-mail / 5ullim@hanmail.net

값 8,000원

ISBN 978-89-992-4348-6 (04810)
ISBN 978-89-992-4346-2 (SET)

2

白剛

백강의 제국

작가 역사판타지 장편소설

어울림
BOOKS

목차

백강의 제국

전쟁의 시작

전란의 징조는 진즉부터 있어왔다.

일본 전국을 거의 통일한 도요토미 히데요시(豐臣秀吉)는 주변 사람들에게 자신은 태양의 아들이며 이 땅에 머무르지 않고 조선을 건너 명나라를 점령하고 천축(인도)까지 발밑에 두겠다고 공공연히 말하고 다녔다.

개인적 야망뿐 아니라 불안한 국내의 정세도 잠재울 수 있는 수단으로 그는 침략을 구상했던 것이다.

"너희에게 조선과 명나라에 봉지를 만들어 주겠다! 좁은 일본은 나의 양자에게 맡긴다!"

전쟁을 반대하는 자신의 차 선생, 센노 리큐를 가차 없이 할복시키고 만전의 태세를 갖춘 도요토미는 나고야에 거성을 쌓고 전국의 다이묘들에게 병력, 군량, 함선의 할당 명령을 내렸다.

일본을 계속 무시해오던 조선은 대마도주 소 요시토시의 요청에 따라 정사 황윤길, 부사 김성일, 종사관 허성을 왜국에 보냈다.

바다를 건너간 그들에게 도요토미 히데요시는 국제간의 예의를 무시하는 행동을 일삼고 모욕을 주며, 자신에게 복속하라는 말도 안 되는 문서를 줬다.

"풍신수길은 눈빛이 빛나고 담력과 지략이 있는 자였습니다. 병화에 대비해야 합니다!"

"허튼 소리! 풍신수길은 쥐새끼 같은 자였습니다. 두려할 바가 못 됩니다!"

다녀온 사신들의 보고는 정반대였다.

전쟁이 반드시 일어난다는 황윤길과 쥐새끼의 인상을 지닌 풍신수길이 그럴 리 없다고 장담하는 김성일.

동인과 서인으로 나뉜 조선의 조정은 갈피를 못 잡고 흔들리며 제대로 된 대비를 하지 못했다.

그나마 류성룡, 이순신, 김시민, 권율, 이항복, 이덕형, 이원익 등의 청천회 회원들은 대전쟁이 벌어진다는 것을 알았다.

목소리 높여 국방의 중요성을 강조한 그들은 자신들의 위치에서 최대한 노력하여 전란을 대비했다.

느슨한 조선의 대응과는 달리 일본은 전쟁 준비를 완벽하게 끝마쳐 있었다.

나고야에서 대규모 출정식을 가진 일본군은 고니시 유키나가와 가토 기요마사를 선봉으로 결정했다.

고니시 유키나가(小西行長)는 히데요시가 키운 신흥 다이묘(1만 석 이상의 수입을 걷는 지방 영주)이다.

전쟁파는 아니지만 사카이의 상인 출신의 그는 이번 전쟁에서 큰 공을 세워 자신의 입지를 다져야 했다.

그러기에 대마도를 거쳐 부산까지 호위대도 없이 상륙하는 모험을 감행했다.

모험은 성공하여 조선 수군은 상륙을 저지하지 못하고 기습을 허용하게 된다.

고니시가 이끄는 왜군의 선봉대는 부산진성부터 공략해 들어갔다. 다대포를 통해 재빠르게 상륙하여 지체 없이 성을 포위했다.

철저한 사전조사와 길 안내가 없이는 불가능한 쾌속전진이었다.

"적의 병력은? 얼마나 되느냐? 얼마나?"

부산진 첨사 정발이 초조하게 외치고 있었다.

"모르겠습니다. 새카맣게 몰려왔습니다! 몇 만은 되어 보입니다!"

"그럴 리가 없다! 성벽에 병졸들은 전부 배치했느냐?"

"네! 지금 활과 화살을 나누어 주고 있습니다. 일단 성 안의 장정들도 전부 동원하고 있습니다!"

정발은 제법 훌륭한 장수였고 경계를 게을리하지 않았다.

아무리 그래도 왜국 전체에서 이렇게 대대적으로 침공을 할 줄은 전혀 예상치 못했다.

조정에서 방어를 강화하라고 누누이 강조하여 왜구의 침탈 정도를 방어하기 위한 태세를 갖추었을 뿐이었다.

"기껏해야 오천. 많아야 일만으로 예상했다. 하지만 그 두 배가 넘어 보인다. 겨우 선봉에 불과한데 저렇게 많이 몰려오다니!"

왜군은 질서 있게 움직이는 것이 군기가 확실하고 사기가 높아 보였다.

"사흘만 버티자! 사흘이면 경상 우수군를 비롯하여 지원군이 도착할 것이야! 그 후에는 중앙에서도 군을 일으킬 것이고! 우리 전력이라면 사흘은 버틸 수 있다!"

처음엔 당황했지만 차츰 자신감이 생겼다.

그동안 전란을 대비해 성곽도 보수하고 병기도 점검해 놓고, 정군도 양성해 놓았다.

예상보다 많은 적군이 몰려오긴 했지만 해볼 만하다는 생각이 들었다.

병력의 위치를 정하자마자 왜군의 일제 공격이 시작되었다.

탕! 탕! 탕! 탕!

신무기인 조총을 쏘아대면서 용맹하게 달려드는 왜군들.

"저런 화포 무기는 우리도 있어! 침착하게 쏴라!"

대포와 승자총통으로 반격하고 특이나 화살 공격으로 적의 진군을 막았다.

첫날에 왜병이 세 차례나 공격해 왔으나 잘 막아내는 데 성공했다.

왜군도 본격적인 공성무기를 갖추지 못한 탓이었다.

* * *

사흘 동안 부산진성이 고니시 군을 막아내는 동안 가토 기요마사도 상륙하였다.

그는 고니시를 돕지 않고 인근 고을을 공격 점령한 뒤에 곧바로 동래성으로 쳐들어갔다.

동래성에는 동래부사 송상현을 필두로 양산군수 조영규 등이 지원을 와서 삼천의 병력으로 방어를 하고 있었다.

"싸우려면 싸우고 싸우지 않으려면 우리에게 길을 빌려 달라(戰則戰矣 不戰假道)."

"죽기는 쉬우나 길을 빌려주기는 어렵다(戰死易 假道難)."

유명한 문답을 나눈 다음에 벌어진 혈투.

총과 화살이 난무하는 격전이 벌어지고 송상현은 선두에서 용맹하게 싸웠다.

"나를 믿고 싸우라! 우리는 이길 수 있다!"

부산진성과 동래성이 잘 버티고 있는 동안, 주위 지역에서 지원이 왔으면 전란이 크게 번지지 않았을는지도 모른다. 실제 정발과 송상현도 지원 병력을 애타게 기다렸고 말이다.

"나는 본영을 지키러 가겠소이다."

"병력을 더 모아 오겠다. 기다리거라."

그러나 경상좌수사 박홍, 경상 좌병사 이각 등은 적의 기세가 대단함을 보고 부하들을 버려두고 도망쳤다.

우두머리가 이럴 진대 수하의 장수들과 병졸들이 남아 있을 까닭이 없었다.

경상 우수사 원균은 아예 한 수 더 떠서 병량과 무기를 바다에 던지고 내륙으로 도주했다.

단지 이순신의 밀명을 받고 있었던 원균 휘하 우치적, 이운룡 같은 장수들이 우수영 함선을 지켜 전라 좌수영에 합류할 수 있었다.

나라의 위급이 터졌을 때 신호를 올리는 봉화는 제대로 발휘되지도 않았다.

봉화대마다 신호를 잘못 올리거나 비어 있어 제때에 작동되지 않았고, 조정에서는 파발의 연락을 받고나서야 왜군의 침략을 감지해냈다.

지원군을 보내기는커녕 자세한 적의 세력은 파악하지도 못하고 있는 셈이었다.

"장사(壯士)들아! 감히 성을 버리려는 자는 내 칼을 먼저 받게 됨을 명심하라!"

부산진성의 정발은 사흘을 넘게 버텨 이레를 수성했다.

기다리는 지원군은 오지 않고 사기는 바닥인 가운데, 화살마저 떨어져 기왓장과 돌을 던지면서 분전을 했다.

훗날의 왜장 중에 한 명은 검은 갑옷의 장수(정발을 뜻함)가 계속 살아 있었으면 자신들이 패했을 거라고 회고했다.

그러나 이레가 되는 날 아침, 결국 앞장서서 싸우던 정발이 총에 맞아 전사하고 구심점을 잃은 수비 병력은 무너졌다. 이천이 넘는 조선의 병졸, 백성이 바다를 건너온 침략군의 손에 무참하게 학살당했다.

다음 날, 동래성의 송상현도 위급한 지경에 이르렀다.

"사또! 어서 도망치십시오! 이제 틀렸습니다!"

"어디를 간단 말이냐! 여기가 바로 내가 죽을 장소이니라!"

검을 휘두르면서 용맹하게 버티지만 약했던 동문이 무너지면서 성은 함락당하고 말았다.

쓰시마 섬 일본인들은 송상현과 친분이 있어서 도망가라고 신호를 보내지만 그는 장검을 휘두르며 용맹하게 버티다 전사했다.

적장들도 그의 충의와 용기를 기려 그의 가족은 죽이지 않고 보내주었으며 그의 무덤까지 만들어 주었다.

결국 동래성의 삼천 병사와 일만이 넘는 백성들도 왜병들에게 죽임을 당했다.

* * *

부산진성 정발과 동래성의 송상현은 비록 패배했지만 하루아침에 무너진 원래 역사와 달리 7일이나 적을 막아 주었다.

뿐만 아니라 고니시와 가토의 선봉군이 각각 일천 명이 넘게 상했다.

때문에 곧바로 진격을 하지 못하고 3군인 구로다 나가마사를 기다리면서 이틀을 허비했다.

청천회가 바꾼 조선군의 체질과 준비 덕분이었다.

그들의 분전으로 벌어준 열흘이라는 시간은 전쟁의 향방을 바꾸어 놓을 만큼 소중했다.

왜병은 동래성에서 휴식을 취하면 군사회의를 열었고 두 선봉장이 만남을 가졌다.

"역시 장사꾼은 어쩔 수 없군 그래. 그까짓 작은 성 하나 점령 못하고 시간을 끌어?"

가토 기요마사는 고니시가 들어오자마자 독설을 퍼부었다.

"동래성의 부사에게 호되게 당했다고 들었다. 잘난 척할 게재가 아닐 텐데?"

"누가 그런 헛소리를 지껄여? 호되게 당하다니!"

가토가 칼을 뽑을 것처럼 일어서자 주변의 장수들이 전부 긴장했다.

"진정하고 앉도록. 회의를 해야 되지 않겠나?"

다혈질인 가토에 비해 고니시는 능글 맞았다.

가토 기요마사와 고니시 유키나가.

영지마저 남북으로 붙어 있고, 히데요시의 총애를 받아 성장한 다이묘라는 공통점이 있는 두 장수는 실은 앙숙이었다.

성격적으로도 맞지 않았지만 붙어 있는 영지 문제, 신앙 문제 등으로 여러 번 부딪친 전력이 있었다.

"나는 구로다 나가마사의 3군이 도착하면 빠르게 진군할 생각인데 자네는 어떤가?"

고니시가 먼저 곰살맞게 입을 뗐다.

'동래성과 부산진성에서 호되게 당하고 나서도 빠르게 진군을 해? 무슨 속셈이지?'

가토가 자신의 눈썹을 매만지면서 확답을 하지 않았다.

"어차피 이번 원정의 선봉장은 우리 고니시 군이다. 그대는 뒤를 따르면서 정리를 하도록."

"그게 무슨 헛소리냐? 우리도 진군한다! 한양은 내가 먼저 입성할 것이야!"

어차피 이 말을 듣기 위해 신경을 건드린 고니시였다.

"좋아. 구로다 군이 화약과 군량을 가져올 테지만 나는 현지 조달로 가능할 것 같은데. 어때? 함께 진군하겠나? 혹시 조선의 저항이라도 있으면 협조하는 것이 더 효과적일 텐데."

"함께? 그대와 나는 함께할 수 없는 사이야. 아직도 그걸 모르나? 우리는 다른 길로 갈 테니 먼저 출발하든가!"

"그럼 길게 말할 필요도 없겠군. 우리 먼저 가리다."

"잠깐!"

일어서려는 고니시를 가토가 막았다.

"충주. 충주성에서 합류를 하도록 하지. 먼저 충주에 입성하는 쪽이 한양 공략의 선봉장이 되는 거야. 어떤가?"

가토의 대담한 제안에 고니시의 눈썹이 꿈틀거렸다.

'이 멧돼지 같은 놈이 잔머리를 굴리는구나.'

"내가 하고 싶은 말을 먼저 하는군. 그럼 무운을 빌겠네."

길게 이야기할 것도 없다는 듯이 고니시의 무리가 퇴장해 버렸다.

"흥~ 나를 자극해서 방패막이로 세우려고? 어림없다. 너의 뒤를 따라가다가 결정적인 순간에 역전을 해서 최고 전공을 세워주마. 한양은 내 것이야!"

비릿한 미소를 지으며 기요마사가 혼잣말을 중얼거렸다.

가토와 다르게 고니시는 고니시대로 따로 계획이 있었다.

"소 요시토시(대마도의 도주, 고니시의 사위). 조선은 따로 군대가 없고 난리가 났을 때 농민을 동원하며, 문약한 나라라고 하지 않았나?"

"맞습니다. 나라의 관리도 고서를 공부해서 뽑고, 칼이 아니라 시 짓는 걸로 시합을 합니다."

"그런데 부산진성과 동래성에서는 저항이 만만치가 않았어. 그건 어찌 된 일인가?"

"아마도 난리를 걱정해서 정예군을 배치해 놓았나 봅니다."

쓰시마의 도주 소 요시토시, 한자어로 종의지(宗義智)라 읽는 그는 조선과도 통상을 하고 관리 자리를 얻는 등, 밀접한 관계가 있었다.

　이번 전쟁에서도 조선에 세작을 보내 지리와 방어태세 등을 미리 알아냈고 본격적으로 길안내를 하는 것도 그였다.

　"그렇다면 앞으로 한양까지 그런 저항은 없겠지?"

　"아마도 없을 겁니다. 북방군이 내려올 틈을 주지 않고 빠르게 진격을 한다면요."

　"확실해야 하네. 토라노스케(가토의 중간이름)에게 선수를 빼앗겨선 안 되니까."

　고니시는 가토가 필요했다. 혼자서 외국 땅을 진격하기에는 위험부담이 컸다.

　그래서 그를 자극하여 뒤를 따라오게는 했지만 한양을 빼앗길 수는 없기에 걱정하는 거였다.

　"문경과 조령을 건너 충주성으로 들어가면 한양에 제일 빨리 갑니다. 가토 기요마사는 그 길에 대해 모를 겁니다."

　"그래야지. 어서 서둘러 가자고."

　고니시 유키나가의 군은 회의를 끝내자마자 바로 출발을 했다.

　과연 소 요시토시의 예상은 맞았다.

동래성 이후에 조선군의 저항은 보잘 것이 없어서 군대라고 부를 만한 부대도 나타나지 않았다.

양산, 황산을 저항 없이 함락하고 작원에서 조선군의 저항을 맞이했다.

그러나 언덕을 돌아 조총을 몇 번 쏘자 계집애들처럼 달아나 버리고 남아 있는 수십 명은 손쉽게 잡아 참수해 버렸다.

이후로도 별다른 저항 없이 전진을 해 나갔다.

"사위 말이 맞았어. 정말 형편없는 나라로군. 군사라는 것이 존재하질 않아. 게다가 관아마다 병기와 군량을 남겨 놓았지 않은가. 가뜩이나 부족한 우리의 군수물자를 채워 주려고 그랬나 착각할 정도야. 기본적인 병략도 모르는 것들이야."

"그러나 북방에는 여진족과 겨룬 정예병들이 있습니다. 그들이 강하기 전에 한양까지 밀어 붙이셔야 합니다."

"알았네. 이대로라면 한양까지는 보름이면 충분해."

고니시 군이 별다른 접전 없이 북진하자 가토 기요마사는 속이 탔다.

"절대로 장사꾼 놈에게 두지지 마라! 최소한의 군량만 소지한 채 전진한다!"

부랴부랴 서둘러 북진하는 가토의 2군.

언양을 점령한 뒤에는 경주도 무혈 입성했다.

경상도와 충청도가 며 칠 사이에 우르르 무너지기 시작한 것이다.

일번대, 이번대는 순탄하게 북진을 계속했지만 구로다 나가마사의 삼번대는 그렇게 쉽게 되지 않았다.

처음 상륙하여 점령을 시도한 김해성부터가 고난이었다.

김해성은 평지성이었지만 위치가 높은 곳에 있어 내려다보면서 공격할 수 있는 이점이 있었다.

김해부사 서예원과 이유겸 같은 장수가 천오백여 명의 병사와 방어 준비를 하고 있었다.

"군사 같지도 않은 것들이다! 단숨에 점령하자!"

약한 조선군만 봐왔던 왜병이 조총을 쏘면서 달려들지만 조선군도 지리의 이점을 이용해 활을 쏘면서 응전을 했다. 이틀 동안 네 번의 공격을 하지만 전부 격퇴를 당하고 만다.

그러나 밀양이 무너지고 부산에 왜군이 계속 상륙한다는 소식이 듣자 서문을 맡았던 이유겸이 겁을 먹고 줄행랑을 치게 되고 군심을 요동을 치기 시작했다.

또 왜병이 볏짚을 쌓아놓고 사격을 하자 지리상의 이점이 없어지고 많은 피해를 입게 됐다.

"내가 성을 나가 이유겸을 잡아 오겠노라!"

말 같지도 않은 핑계를 대고 서예원도 성에서 달아나 버렸다.

 도망친 장수들을 대신해 김득기, 류식, 송빈, 이대형 등이 죽창과 칼을 들고 힘을 다해 저항하지만 결국 무너져 전멸당했다.

 이후 영산, 창녕, 현풍이 잇달아 공략당했다.

* * *

 추풍령에서는 경상우도 방어사로 임명된 조경이 천 오백의 병력을 이끌고 적을 기다리고 있었다.

 병력은 부족했지만 구로다 군의 선봉대와 격돌하여 백여 명을 척살하여 기세를 올렸다.

 특히나 조선측 방어군에는 훗날 '대원수' 백강과 비견될 천하의 명장이 군관으로 복무 중이었다.

 "저… 저놈이…! 미친놈 아니더냐! 혼자서 도대체…….

 "죽고 싶지 않거든 내 앞에서 비켜라!"

 "우악~~~!"

 단기 필마로 달려들어 철퇴로 왜군을 때려죽이고는 바람처럼 사라져버리는 조선 군관이 있었다.

 마치 삼국지의 상산 조자룡이 살아 돌아온 듯했다.

 "사람이냐? 귀신이냐?"

"정… 정기룡 장군님이시다!"

혼자서 오십여 명을 쓰러트리고 유유히 아군의 진영으로 돌아가는 군관.

그가 바로 적군은 물론 아군에게까지 공포의 대상이 되어 '마왕(魔王)'이라는 별명이 붙게 되는 '정기룡' 장군이었다.

전란이 일어나기 6년 전 무과에 합격하고, 그 무용이 뛰어나 선조가 직접 '기룡'이라는 이름을 내렸을 정도였다.

어려서부터 용맹하고 비범했던 그는 전쟁이 벌어지자 곧바로 참전하여 숱한 전공을 세우기 시작한다.

"큰일 났습니다! 방어사 어른이 잡혀갔나이다!"

"걱정 말거라. 내가 가서 데리고 돌아오겠다."

정기룡은 거창에서 왜적을 습격, 승리를 거두고 금산 전투에서는 포로로 잡힌 조경을 단기로 달려가 구해내는 무용을 발휘했다.

조총을 쏘고 창검을 휘두르는 수만의 적군 속을 단숨에 돌파해 버리는 용맹을 보였다.

수급을 베지 않고 돌아왔기 때문에 정확한 전과는 모르지만 혼자서 백 명 가까이 베어 버렸다고 했다.

부상당한 조경을 대신하여 방어군을 이끌고 동분서주하는 정기룡 때문에 구로다 군은 큰 피해를 입었다.

가뜩이나 김해 전투에서 손실이 컸던 구로다 3군의 진격

속도는 크게 늦어져 앞서간 1군, 2군과 충주에서 제때에 합류를 못 하게 됐다.

*　*　*

왜병들이 파죽지세로 북진해 올 때, 조선의 수도, 한양의 민심 또한 크게 요동쳤다.

"왜놈들이 수십만 명이라네!"

"한양의 지척까지 왔다지!"

"이럴 것이 아니라 도망가야 하는 거 아니여!"

곡물 값이 급등하고 은이 바닥났으며 장정들이 거리에서 사라졌다.

조정과 관리들은 민심을 가라앉히려 애썼지만 쉬이 가라앉을 리가 없었다.

"전하! 부산, 동래, 대구가 잇달아 함락당했다 하옵니다!"

"왜적, 가등청정(가토 기요마사)이 경주를 점령하여 수천 명을 학살하고 불국사와 분황사를 약탈하고 불태웠다 하옵니다!"

"작원에서 양산 목사 박진이 패퇴하였고 언양마저 점령당했사옵니다!"

각지에서 올라오는 패전소식으로 편전은 정신이 없었

다.

"이게 어찌 된 일이냐? 어째서 왜구들을 소탕하지 못하는 것이냐?"

화가 난 선조가 대신들을 향해 손가락질을 하며 호통을 쳤다.

늘 근엄하게 행동하며 미사어구를 쓰기 좋아하는 국왕의 평소 모습이 아니었다.

"적병은 단순한 왜구가 아니라 왜국의 정예병들이옵니다. 나라 전체가 일어나서 우리를 침범하였사옵니다. 부산진으로 후속병들이 상륙한다는 파발이 빗발치고 있사옵니다."

"전란은 없다고 하지 않았는가? 이것이 무슨 꼴인가?"

"죽여주시옵소서!"

대신들이 모두 고개를 숙이고 들지 못했다.

"이러다가 한양까지 들이치면 어쩌려고 하느냐? 영상! 대책을 강구해 보라."

영의정인 이산해가 답변을 올렸다.

"순변사 이일을 급파하였고 충청도의 군사들이 모이고 있사옵니다. 반드시 승전보를 올릴 터이니 믿어 주시옵소서~!"

이일은 당시에 조선 최고 무장 중에 한 명이라고 평가받았다.

북방에서의 공으로 그런 평가를 받았지만 곧 병략에 대해 모르는 문신들의 눈으로 얼마나 과대평가되었는지 판가름나게 된다.

"대명에 지원을 요청하는 것이 어떻겠습니까?"

"칙서를 보내시어 왜병이 원하는 걸 알아봐야 할 듯싶사옵니다."

"전국 각지에 선전관을 보내 근왕병을 모집하여야 하옵니다!"

신료들에게서 의견이 쏟아졌다. 허나 선조의 마음에 드는 의견이 하나도 없었다.

그가 둘러보니 평소에 뛰어난 신료였던 류성룡, 이덕형, 이항복 등은 입을 굳게 다물고 있었다.

'저 세 명은 평소에는 왜적을 방비해야 한다고 부르짖더니 오늘은 조용하구나. 자신들의 의견을 무시했다가 이런 난리가 벌어졌다고 시위라도 하는 것이더냐?'

어차피 문신인 저들의 도움이 크게 필요 없다고 판단한 선조는 그들의 침묵에 별로 신경 쓰지 않았다.

단, 한 명의 무장을 쳐다보며 무언의 의사 타진을 보냈다.

'공이 나서 주시게.'

국왕의 눈빛을 받은 장수, 신립이 앞으로 한 발 나섰다.

"주상 전하! 소장을 전장으로 보내주십시오! 소장이 나서서 왜적들을 한 놈도 남기지 않고 섬멸하겠나이다~!"

"오오~! 신립 공. 왜난(倭亂)을 잠재우는 것이 진정 가능하겠는가?"

"소장이 능력이 없사오나 그까짓 왜적들은 단숨에 해치울 수 있나이다! 맡겨 주시옵소서!"

당시 신립은 조선의 최고 장수였다.

여진족과의 전투에서 그 무용을 발휘하였는데 니탕개의 난 때는 오백기의 기마병으로 일만의 여진병을 격파했고, 혼자서 수십 명을 활로 쏘아 쓰러트렸다고 한다.

적의 기세가 강할 때는 단기필마로 적장을 명중시켜 승리를 거두는 무시무시한 무용을 발휘해 위명이 대단했다.

"공이야말로 진정한 과인의 충신이로다~! 신립 공을 삼도 도순변사로 임명하고 필요한 모든 것을 제공하도록 하여라~!"

선조는 크게 기뻐하며 손수 보검을 내려주기까지 했다.

그 자리에서 신립은 자신만만한 모습을 보이며 위풍도 당당하게 전투 준비를 개시했다. 청천회 회원들을 제외하고는 다른 권신들은 벌써 전쟁에서 승리를 한 것처럼 좋아했다.

나라에 난리가 일어날 때 조직되는 기구, '비변사'가 열렸다.

　대신들이 여러 가지 대안을 제시하며 대책을 강구할 적에 류성룡이 신립에게 다가가 은근히 말을 걸었다.

　"도순변사. 왜적에게는 조총이 있소이다. 몇 해 전부터 내가 줄기차게 도입을 주장했던 화약무기 말입니다. 그것에 대한 대책은 있소이까?"

　"어디 조잡한 그것이 쏠 때마다 맞는 답니까? 군략에 있어선 대감이 나설 필요가 없소이다."

　"충주에 방어선을 치는 것이 상책 아닐까 하오이다. 조령과 문경에 1진을 마련한 다음에⋯⋯."

　걱정이 된 이원익도 나섰다. 당시 마흔다섯 살인 이원익은 호조, 예조, 이조판서 등을 역임한 뛰어난 실무형 관료였다.

　"어허~! 이거들 왜 이러십니까? 실전경험도 없으신 분들이 왜 이렇게들 나서십니까? 전쟁이 어디 서책만 보고 하는 것인 줄 아십니까? 내가 현장에 가서, 적정을 살펴본 뒤에 전략을 결정할 테니 여러분들은 병마를 지원할 궁리나 하세요."

　신립은 맹장이긴 했지만 성정이 급하고 괴팍했다. 핀잔을 들은 이원익이 머쓱해하면서 뒤로 물러날 수밖에 없었다.

그렇게 대책에 여념이 없을 때, 이항복이 슬그머니 신립에게 다가갔다.

"도순변사 어른. 바쁘신가 봅니다."

"백사(이항복의 호). 자네도 나에게 훈수를 두러 왔는가?"

"그럴 리가 있겠습니까? 천하제일 명장이신 도순변사 어른에게 전략에 대해 무슨 훈수를 둔다고요?"

"이 양반이. 허허허."

　칭찬이 싫지 않은지 수염을 만지며 웃음을 짓는다.

　이항복은 해학이 지나쳤다는 기록이 있을 정도로 장난을 즐겼고, 때문에 친화력이 있었다.

　날카로운 성격의 신립도 그에게는 심하게 말을 하지 않았다.

"지금은 바쁘니 장난을 치면 안 되네."

"난이 닥쳤는데 장난이라니요? 다만 도순변사 어른에게 물어 볼 것이 있어 왔습니다."

"무얼 말인가?"

"군관을 많이 선출해 가셔야 할 텐데, 천하의 명장이신 도순변사 나리는 현재 무관 중에 어떤 이를 부관으로 삼을 정도로 뛰어나다고 생각하시는지?"

"음~"

　수염을 만지며 잠시 생각한 신립이 입을 열었다.

"금산에서 전공을 세운 정기룡도 괜찮고, 김여물, 유극량, 신각, 김응서, 김시민, 황진 같은 이도 제법 훌륭한 장수들일세. 소심하긴 하지만 이순신도 쓸 만하며, 원균이나 이억기 같은 무관도 선봉장으로는 괜찮네. 허나 이 자리에 없어 가장 아쉬운 장수는 개마무사단의 '백강'이지."

"백강 말입니까? 나이가 아직 어리다 들었는데, 그 치가 쓸 만합니까?"

청천회 회원이니 잘 알면서도 시치미를 떼면서 되묻는 이항복이다.

"문, 무를 겸비했고, 용맹함과 침착함을 동시에 갖췄네. 나의 등 뒤를 능히 맡길 수 있는 장수지."

성격이 오만한 신립으로써는 최고의 칭찬이다.

"그렇다면 그것 참 잘 되었군요."

"뭐가 말인가?"

"실은 공교롭게도 전란이 일어났을 때, 개마무사단 이천의 병력이 평양성 증축 공사 때문에 내려와 있었다고 하더군요. 소환령을 받고 서둘러 전장으로 내려오고 있다고 하옵니다."

"음~ 그거 아주 듣던 중 반가운 소리네. 충주성의 나에게 오라고 전령을 보내도록 하게."

"명 받들겠습니다."

자연스럽게 백강의 합류를 결정지은 이항복이 읍을 하며

뒤로 빠졌다.

'백 도령. 조선의 국운이 달린 일전일세. 미천한 우리들
이 지원군을 마련할 때까지 신립 장군을 잘 달래서 버텨
주어야 하네. 휴~'

1차 조령 전투

체찰사로 임명된 류성룡이 팔천의 군사를 모았다.

궁궐 호위대 등, 이천의 군사를 뽑아 1만이 되었다.

갑옷을 챙겨 입은 신립은 이들의 사기를 북돋운 다음에 자신의 심복 기병 800기와 함께 한양을 출발했다.

"소장, 신립. 반드시 승전보를 올리겠나이다."

경기도와 충청도에서는 팔천의 군사가 모여 있었다.

이로써 신립이 거느린 군사는 총 병력은 수송 병력을 빼고도 이만이 넘었다.

군사의 질은 어떨지 모르지만 양으로 볼 때는 왜군의 일번대보다 많은 수였다.

장수로는 조방장 변기, 종사관 김여물, 충주 목사 이종장 등이 있었으며 군관, 장교가 팔십 명가량 있었다.

지휘자급의 인물도 부족하지 않았다.

신립이 진영을 구축한 날짜가 임진년 5월 19일로 십 여 일 만에 돌파당했던 원래 역사보다 한 달은 여유가 있게 전쟁을 준비할 수 있었다.

당연히 군사의 질도 나았고 무기, 기마 등도 단단히 갖출 수 있었다.

진영을 꾸린 다음 날, 상주에서 패전한 이일이 진영을 찾아왔다.

"소장을 죽여주시옵소서! 왜적에게 패하고 군병을 잃었나이다!"

신립 앞에 무릎 꿇고 울음부터 터트리는 이일이었다.

"어찌 된 일이더냐?"

"상주 목사 김해는 어디로 도망갔는지 행방이 묘연하고 모여 있는 군사는 없었습니다. 소장이 겨우 천여 명을 모아 훈련을 시키는 도중 기습을 당해 분패하였나이다!"

실상은 이렇다.

이일은 출발할 때부터 백 명의 한량들밖에 데리고 가지를 못했다.

군적에 오른 유생, 역관 등은 차출당하지 않기 위해 도망친 뒤였고 대립인과 활 쏘는 한량들만 겨우 구할 수 있었다.

"모두들 어디 갔냐는 말이다!"

상주에 도착하니 더 가관이었다.

책임을 맡은 관리들은 벌써 도망친 지 오래였고, 판관 권길만이 남아 있었다.

대기하고 있던 병력도 없었기에 그를 참한다고 위협하여 밤새 모은 농민들이 500여 명.

영문을 모르고 끌려온 이가 대부분이었다.

그들을 데리고 싸우겠다고 훈련을 시켰으나 왜병이 근처에 왔다고 전하는 농민 한 명을 민심을 어지럽힌다는 명목하에 참수시켜 버리고 척후조차 내보내지 않았다.

결국 갑자기 왜병 몇 명이 나타나 총을 쏘자 병사들은 모래알처럼 흩어져 버렸다.

이일은 하인들과 함께 충주로 부리나케 도망친 것이다.

조선군에서 신립에 이어 명성이 높은 이일이라는 장수가 수준이 이 정도였다.

백강과 청천회 회원들이 십 년 동안 이런 문약함을 없애고자 노력했으나 대다수 장수조차 군략 수준이 이처럼 낮았다.

전란으로 단련된, 어린 시절부터 전장터에서 살아온 일

본 장수들이 보기에는 어린애 장난처럼 보여 우스울 지경이었다.

조선을 방어하기 위한 전술 중 '제승방략' 체제가 낫네, '진관' 체제가 낫네 다툴 필요도 없을 정도로 한심한 몰골이었다.

"패장으로써 목을 베야 마땅하겠으나 그동안의 전공을 생각해 죄를 씻을 기회를 주겠노라!"

"감사합니다. 도순변사 대감!"

이렇게 해서 이일과 패잔병들도 충주군에 합류하였다.

이후, 신립은 수하 장수들과 함께 열병을 하고 주변시찰을 나섰다.

"조령의 험한 기세를 이용해 방어하다가 반격을 가해야 합니다."

"우선 1진을 이곳을 배치해 놓았습니다."

김여물과 이종정 같은 부관들이 모두 한 목소리로 계곡인 조령, 죽령, 추풍령에서 적을 맞아야 한다고 주장했다.

"우리군은 기병이 주력이고 적은 보병이 주력이다. 산세에서는 기병을 발휘하지 못하니 평야에서 적을 맞아야 한다."

그러나 신립은 이렇게 주장하며 진을 물리라고 한다.

자신의 주특기가 기마전이었고 그동안 그런 식으로 승리

를 거두어 왔으니 당연한 반응이었다.

이일과 이운룡 같은 장수가 다시 반대하였으나 크게 화를 내면서 태형까지 내렸다.

"우리군은 사기가 낮고 훈련을 못 했다. 산세를 뒤로하면 탈영병이 늘어날 것이나 배수진을 쳐서 죽고자 싸우면 승리를 쟁취할 수 있을 것이다. 지휘관의 큰 전략을 이해하지 못하는 자는 군율에 의거 참수할 터이니 더 이상 이견을 내지 마라!"

그가 전장을 삼으려는 달천평야는 논, 밭이 많아 습지와 같아서 말이 달리기에는 적합하지 않았다. 또한 왜병은 조총 일제 사격으로 기병을 물리치는 수법을 가지고 있으니 이제 싸움이 벌어지면 백전백패할 판이었다.

뛰어난 무관이었던 김여물 같은 이는 신립의 고집불통 전략을 보고는 조선군이 패할 것임을 미리 알았다.

그래서 울면서 아들(김류)에게 유서를 써서 마지막 당부를 할 정도였다.

남아가 나라를 위해 죽는 것은 당연한 일이다. 다만 수치를 씻지 못하니 그것이 안타까울 다름이다. 너는 항상 몸가짐을 조심하고 행재소(왕이 있는 곳)로 가서 다른 곳으로 피난가지 말거라.

그렇지만 하늘이 조선을 가엽게 여겼는지, 커다란 변수가 생겨 역사의 흐름이 바뀌었다.

개마무사단과 백강이 그날 진시 경에 충주 조선 군영에 도착한 것이다.

"백강! 개마무사단의 백강이 왔다고?"

작전회의 중인 신립이 투구도 쓰지 않고 마중을 나갈 정도로 기뻐했다.

김여물, 이희립, 이종장, 이일 같은 장수들도 나이는 어리지만 북방의 호랑이로 불리는 백강이 왔다는 소식에 얼굴빛이 밝아졌다.

"소장 백강! 도순변사 대감에게 인사 올립니다! 늦게 도착했사오니 벌을 주소서!"

"그게 무슨 소리인가? 조선의 끝자락에서 달려왔거늘 어찌 늦었다고 해! 어서 일어나게! 어서 일어나!"

신립이 직접 손을 잡고 백강을 일으켜 세워 막사로 안내했다.

그의 양옆에는 김덕령과 정문부가 든든하게 뒤를 따랐다.

"도순변사 어른! 왜적을 쓸어버리시려는데 제가 빠지면 되겠습니까? 군사를 닦달해 전속력으로 왔나이다."

"하하하하! 그랬는가? 자네들도 오랜만이네. 김덕령과 정문부라 했던가?"

"그러하옵니다! 도순변사 나리!"

"나가 바로 무등산 김덕령입니다요!"

정중히 인사를 올리는 정문부과 자신의 흉갑을 두드리는 김덕령이다.

재미있는 사실을 하나 말하자면 김덕령은 윗사람을 보면 흉갑을 주먹으로 두드리는 버릇이 있었다.

훗날 조선군의 경례 자세가 그와 같이 되니 그것이 천하의 명장, 김덕령을 병사들이 흉내 내다가 만들어진 것이라는 가설이 있다.

"자네들 모두 못 본 사이에 기골이 더 장대해졌네 그려."

"감사합니다! 그런 뜻에서 제가 도순변사 어르신께 선물을 가져왔습니다."

"선물?"

웃고 있던 신립이 얼굴을 찌푸렸다.

아끼는 장수이긴 하지만 너무 과한 행동을 하는 것이 아닌가 해서 불쾌해진 것이다.

전시 중인데 무슨 선물 공세란 말인가?

"가져오너라!"

백강의 명령에 경번갑을 입은 개마무사단 보병 네 명이 큰 궤짝을 들고 왔다.

"이것이 무언가? 전투를 벌이기 직전인데 무얼 가지고 온 게야?"

"도순변사 어르신께서 좋아하실 물건입니다."

"내가 좋아할 물건?"

금은보화? 아니면 술? 그도 아니면 보검?

"저가 열어 보겠습니다잉!"

성격 급한 김덕령이 나서서 궤짝의 뚜껑을 열었다. 열자마자 코를 찌르는 역한 냄새와 함께 파리떼가 날아올랐다.

"저… 저것은……?"

이일같이 비위가 약한 이는 뒤로 물러났지만 신립이나 김여물은 오히려 한 발 나서서 안을 들여다봤다.

"이건 수급이 아닌가? 앞머리가 벗겨진 걸 보니……?"

잘린 머리 수십 개가 소금에 절여져 있었다.

하얗게 밀어버린 정수리를 보니 조선인이 아니었다.

"빈손으로 오기 뭐해서 적진이나 정찰해 볼까 하던 중 마을을 약탈하려는 왜적 놈들을 만나 격멸했습니다! 도순변사 어른께 선물로 드리겠습니다!"

"와하하하핫~~~!"

백강의 말에 신립이 박장대소를 터트렸다.

"맞아! 이건 내가 세상에서 제일 좋아하는 물건일세! 적의 수급! 정말 대단하군! 대단해! 자네가 우리 전투의 서전을 승리로 장식했구만!"

"과찬이십니다. 어서 상소와 함께 한양으로 보내십시오. 도순변사 어른의 무공을 널리 알리셔야 합니다."

"아닐세! 이게 자네의 공이지 어찌 나의 공인가? 내가 수하의 전공을 가로채는 소인배로 보이는가?"

"소장을 비롯한 저의 부대는 모두 도순변사 어르신의 명을 받들고 있습니다. 당연히 도순변사 나리의 공이십니다."

"천만에! 이따위 쫄다구들의 수급은 자네의 전공으로 해도 상관없네! 나는 적장 가등청정과 소서행장의 목을 주상전하께 보낼 거니 말일세! 핫핫핫!"

"제가 그놈들을 끌고 와서 순변사 어르신의 앞에 무릎 꿇리겠나이다. 그 칼로 직접 목을 베어 버리십시오!"

"뭐라? 자네의 기개가 실로 가상하구만! 핫핫핫핫!"

생각지도 못한 백강의 합류와 그의 전공 덕에 막사 안의 분위기가 한결 좋아졌다.

조령 방어선이 신립의 고집 덕분에 무산되어서 막료들도 불안해하던 참이었는데 말이다.

"도순변사 어른. 저의 선물은 또 있습니다."

"또 있다고? 수급이 더 있다는 겐가?"

"이리로 끌고 와라!"

지시가 내리자 막사 문이 열리며 조선인과는 생소한 복장을 갖춘 다섯 명을 병사들이 끌고 왔다. 삼각뿔 투구, 흑색 가죽갑옷을 입은 왜병들이었다.

많이 맞는지 얼굴이 피투성이고 의복이 걸레처럼 변해

있었다.

"이놈들은?"

"전부 다 베지 않고 다섯을 포로로 삼았습니다. 제가 직접 심문하여 적정을 탐지했나이다!"

"심문을 하였다고? 자네. 왜국 말을 할 줄 알았나?"

"능숙하진 않지만 약간 합니다. 보시겠습니까?"

백강이 직접 왜병 한 명을 붙잡고 말을 걸었다.

사실대로 말한 것이냐고 물은 것인지 왜병이 고개를 마구 끄덕이면서 왜국말로 비굴하게 빌어댔다.

'고등학교 때 제2외국어가 일본어였지. 이후로는 일본 애니메이션을 보면서 복습했고. 이렇게 써먹게 될 줄 꿈에도 몰랐다. 임진왜란 때로 워프 될 줄 누가 알았냐?'

고어(古語, 오래된 말)에다가 사투리가 심해서 잘 알아듣지는 못했지만 간신히 뜻을 통할정도는 되었다.

"자네는 정말 재주가 많구만. 그래, 심문을 통해 알아낸 바를 말해 보게."

"도순변사 어른. 주위를 좀 물러주셔야……."

"이런 내 정신 좀 보게. 장수들만 남고 모두 막사 바깥으로 나가라! 보초를 서는 병사들도 이십 보 바깥으로 떨어지거라!"

포로들을 병사들이 끌고나가고 하급군관과 경계병들까지 모두 나갔다.

"자네들은 안 나가고 뭐 하고 있나?"

이일이 아직도 서 있는 김덕령과 정문부를 보면서 한 마디 했다.

"장군. 이들은 저와 한 몸이나 마찬가지입니다. 이미 심문의 내용도 다 알고 있고 말입니다."

"이들은 놔두게."

백강이 두둔하고 신립마저 용인하자 이일이 눈을 흘기면서 뒤로 물러났다.

주위가 조용해지자 백강이 조심스레 말문을 열었다.

"도순변사 어른. 적의 동태가 심상치가 않사옵니다."

"심상치가 않다니? 어떻게?"

"지금 상주를 통해 올라오는 일번대는 소서행장(고니시 유키나가)이 수장으로 병력이 만 오천에 달하고 옆을 따라 올라오는 이번대는 가등청정(가토 기요마사)이 수장으로 이만 이천이 넘습니다."

"뭣이? 그것이 사실이렷다!"

진중의 장수들이 모두 놀랐다.

그렇다면 총 삼만이 넘는 대군이 아니던가?

충주에 모인 이만의 대군으로 작은 병력의 왜병을 압도하려던 신립의 기본 전략부터가 어긋나고 있었다.

"일번대, 이번대는 선봉에 불과합니다. 추풍령에서 정기룡 장군이 막고 있는 삼번대가 일만이 되옵고, 이번 달에

막 상륙한 사번대, 오번대가 사만에 육박한다 하옵니다.”

“그… 그럴 수가!”

“그것이 다가 아니옵니다. 풍신수길이 본국 나고야 성에 집결시켜, 침략을 준비 중인 왜적의 병력은 총 십팔만에 이르는 대군입니다. 그 모두가 다음 달 초순부터 순차적으로 조선으로 건너온다고 하더이다!”

“십팔만!”

그 말이 사실이라면 조선은 미증유의 위기를 맞은 셈이었다.

고려 말, 그토록 강력했던 원나라의 침공도 이 정도 병력은 아니었다.

한반도 몇 백 년 역사 만에 최강의 적들이 최고의 병력을 이끌고 쳐들어온 것이다.

지금까지는 단순한 왜란으로 생각했던 장수들의 얼굴이 모두 핼쑥해졌다.

특히 신립은 이를 악물고 침울해했다.

“분명한 사실이렷다. 잘 알지도 못하면서 사기를 떨어트리는 망언을 한다면 용서할 수가 없어!”

“수급을 베어 버린 건 병졸인 족경(아시가루, 일본의 경무장 보병)이지만, 포로로 잡은 건 하급 지휘관급이어서 적정에 대해 잘 알고 있었습니다. 그들을 모두 분리시켜 한 명씩 심문하여 말이 동일한 것을 확인하였습니다. 도순변사 어른. 더 놀라운 것은 상륙 준비를 하는 병력만 십팔만 이옵고 대기하는 병력까지 합치면 삼십만이 넘는다는 것이옵니다. 저들의 수괴, 풍신수길(도요토미 히데요시)은 조선은 길 안내만 하라면서 안중에도 없고 명나라까지 치고 올라갈 계획을 세우고 있습니다."

"명… 대명까지 노린단 말이야? 이런~ 이와 같은 사실은 막사 안으로 나가면 아니 되네! 군심이 동요할 것이야! 모두 입단속들 하게!"

신립이 주위를 노려보며 호통을 쳤다.

"당장 한양에 알려야 하옵니다. 또한 전략의 변화도 필요합니다. 이곳에서는 단기 접전이 아니라 장기 방어전을 예상하고 준비하셔야 하옵니다. 한양을 지킬 방어선을 구축하옵시고 적군의 진로를 막는 것에 제일 목표를 두어야 합니다."

백강이 한쪽 무릎을 꿇으며 조언을 올렸다.

"아니야! 이럴수록 적의 일번대를 빨리 전멸시키고 이번대를 맞이해야지. 말발굽으로 저들을 짓밟아 버리고 남하하여 상주, 대구, 경주를 탈환하고 동래까지 왜병을 밀어붙일 것이야!"

"도순변사 어르신의 무용과 지금 모인 조선군의 병력으로 소서행장 정도는 쓰러트릴 수 있사옵니다. 하지만 결전을 마쳐 기진맥진했을 때 가등청정이 늑대처럼 달려들 것이옵니다. 그때는 어찌하시겠습니까?"

"그건……."

"적군은 십팔만 대군. 전쟁은 이제 시작이옵니다. 도순변사 어른은 조선의 기둥이시니 첫 싸움부터 천운(天運)을 거실 필요가 없습니다. 들리는 소문으로는 소서행장과 가등청정은 개와 고양이처럼 불화한다 하오니 절대 합류하지 않을 터. 우리는 그들을 하나씩 상대하면서 지연시킨 다음에 남, 북도에서 일어난 지원군을 기다려야 하옵니다. 그리하여 아군의 기세가 오르면 그때 태풍처럼 몰아쳐서 왜병을 섬멸하옵소서! 소장은 도순변사 어른의 명이라면 어디라도 따르겠나이다!"

백강의 조언은 조목조목 옳았고 현명했다. 고집불통 신립도 흔들리기 시작했다.

"하지만 주상 전하께서는 하루빨리 적군을 섬멸하시길 바라시네. 시일을 지체하는 건 신하된 자로서 할 도리가 아니야."

"전쟁 현장에서는 지휘관의 판단이 가장 중요하지 않습니까? 전략의 변화에 대해서는 후에 한양에 상소를 보내 허락을 받으면 될 일입니다."

"백 만호(지금의 중령급 무관 직책)의 계책이 신묘합니다. 적정까지 정확히 파악해 오질 않았습니까?"

"역시 조령, 죽령을 이용한 방어전을 펼쳐야 하옵니다.

충주성과 달천(남한강)도 활용하여야 하옵니다!"

"적군이 많다하나 군량과 사기 문제도 있사옵니다. 침착하게 방어하면 능히 물리칠 수 있사옵니다."

때를 맞이하여 김여물과 부관들이 한 목소리로 신립에게 권했다.

"음……."

고민에 빠진 신립 장군.

백강의 말이 옳은 듯했으나 주전략을 곧바로 변경하기는 곤란했다.

자신의 고집도 있거니와 방금 전까지 참형을 운운하면서 회전을 주장하지 않았던가.

사령관으로써 쉽게 말을 바꾼다면 누가 명을 따르려 하겠는가.

"그럼 이렇게 하는 건 어떻겠습니까?"

신립이 장고하자 다시 백강이 나섰다.

"소장에게 군사 일천만 내어 주십시오. 저의 개마무사단 이천오백과 합쳐 조령에서 소서행장의 일군을 이레(7일) 동안 방어해내겠습니다."

"그게 무슨 소리인가? 고작 삼천오백의 군사로 만 오천을 이레씩이나 진군을 지연시키겠다는 건가?"

"적군을 섬멸시키는 것이 아니옵고 전진만 방해하는 것이옵니다. 조령의 험난한 지세를 선점하고 개마고원을 넘나든 우리 군의 용맹함이라면 가능하옵니다. 오히려 더 많은 군사는 방해만 될 뿐이옵니다."

"조령을 방어한다 치고 그 다음에는?"

"도순변사 어른께서는 충주성에 입성하여 성벽을 구축하고 방어태세를 갖추어 주십시오. 이 기회에 모자란 훈련까지 시키시면서 대기하시다가 지원군이 오시면 저와 합류해 일거에 적을 섬멸하면 될 것이옵니다!"

"내가 한양에 있는 병력을 탈탈 털어서 내려왔네. 어디서 지원군이 온단 말인가?"

"현재 도체찰사 대감(류성룡을 뜻함)과 신료들이 죽을힘을 다해 군사를 모으고 있습니다. 동래와 부산진성에서 분전한 덕에 시일을 벌어 충분히 모을 수 있사옵니다."

"왜병의 난리에 백성들이 고통을 받고 있네. 하루라도 빨리 몰아내야 할 텐데 이레나 허비하란 말인가?"

"'군자의 복수는 십 년이 걸려도 늦는 것이 아니다'라는 중국 속담도 있질 않습니까? 겨우 이레입니다. 이레만 기다리면 왜군의 선봉을 전멸시킬 수 있습니다!"

"만약에 자네가 이레를 버티지 못하거나 적이 조령을 우회하여 전진하면 어찌하려 하는가?"

신립의 얼굴이 추상처럼 굳어졌다.

"그리하면 소장의 목을 주상 전하께서 내리신 상방검으로 베어 버리십시오. 이후에 충주성에서 적이 전진하도록 놔두어 방심시킨 다음에 후방을 치시면 반드시 승리할 것입니다."

미리 준비를 해온 듯이 백강의 전략에는 막힘이 없었다.

"도순변사 어른. 시간이 없습니다. 소서행장이 조령 앞에까지 왔으니 지금 출발해서 포진을 해야 합니다."

신립이 불타는 눈으로 백강을 쳐다보았다.

"군령은 지엄하네. 반드시 임무를 완수하게."

"여부가 있겠습니까!"

"여봐라! 백강을 충주 수어군 별장으로 임명한다. 원하는 군사 일천을 내어주고 개마무사단과 함께 조령을 지켜라!"

"명 받들겠습니다!"

"나머지 군대는 진을 걷어라! 지금 당장 충주성으로 입성한다! 그곳에서 성벽을 보수하고 군사 훈련을 실시할 것이야!"

"넵~!"

백강과 김덕령, 정문부가 서둘러 막사 바깥으로 나와 개마무사단을 집합시키려 하는데, 종사관 김여물이 급히 쫓아와 백강을 잡았다.

"이보게. 백 별장."

"김여물 종사관 어른."

"궁궐 수비군으로 일천을 내어 주겠네. 보병 중에서는

그들이 최고 정예일세."

"감사합니다만 그들보다는 대립인들로 뽑아 주십시오."

"대립인(원래의 군사를 대신하여 대가를 받고 군역을 서는 병사)들을? 어째서?"

"그들은 팔도 곳곳에서 군역을 했는지라 적응을 잘 하옵고, 많은 군사 훈련 경험이 있습니다. 무엇보다도 밑바닥 생활을 했으니 궁궐군보다 훨씬 치열하게 싸웁니다."

"알았네. 또 필요한 것이 있는가?"

갑자기 백강이 김여물의 손을 꽉 잡았다.

"왜… 왜 이러는가?"

"종사관 어른! 도순변사 신립 장군은 방금 전 세운 전략과 다르게 돌출 행동을 할 우려가 있사옵니다!"

그의 말을 듣고 김여물이 고개를 끄덕였다.

신립 장군은 용맹했지만 성정이 급하고 즉흥적인 면이 있었다.

이런 종류의 장수는 안하무인인 경우가 많았고, 신립도 마찬가지였다.

"종사관 어른께서는 최선을 다해 말려 주시고, 만약에 듣지 않거든……."

"듣지 않거든?"

"끝까지 도순변사와 행동을 함께하지 마십시오! 종사관 어른께서는 충주성을 지키는 것에 사활을 걸어 주십시오!

그러실 수 있으시겠습니까?"

그제야 백강이 무슨 말을 하는지 알아들었다.

"알아들었네. 도순변사를 따라 사지(死地)로 가지 말라는 뜻이로군."

"바로 맞히셨습니다. 아까도 말했지만 전쟁은 이제 시작입니다. 앞으로 해야 할 전투가 태산같이 많으니 종사관 어른은 몸을 아끼셔야 합니다."

"충주성은 나에게 맡기고 조령을 부탁하네. 너무 힘든 전투를 맡기는 것 같아 마음이 좋지 않구만."

"걱정해 주셔서 감사합니다. 우리 형제들은 이런 힘든 유격전에 이골이 났으니 충분히 승산이 있습니다. 만약에 충주성에 위급이 빠져 우리가 필요해지면 봉화 연기를 세 줄기 올려주십시오. 바로 퇴각해 성으로 돌아오겠나이다."

"알았네. 무운을 빌겠네."

"무운을 빌겠습니다."

대화를 마친 백강이 무사단으로 돌아오니 사제들을 비롯한 참모들이 이미 전투 준비를 마치고 모여 있었다.

그동안 생사를 함께한 형제 같은 무사단이었지만 이번 전투는 다섯 배가 넘는 강적과 싸워야 한다.

당연히 긴장감이 얼굴에 가득했다.

"사형! 사형 뜻대로 되었습니다. 신립 장군을 설득해 우리가 조령을 맡게 되었어요."

"아따~ 쇠고집으로 소문난 신립 영감을 어찌 그리 잘 구워 삶으신다요~ 사형은 장수가 아니라 소리꾼을 해도 밥은 안 굶겠수다~"

정문부와 김덕령이 긴장을 풀어보고자 한마디씩 했다. 미소를 지으며 백강이 그들의 어깨를 한 번씩 두들겨 주었다.

"자! 몇 달 동안 이 상황을 훈련했으니 반드시 승리할 걸세. 지리는 모두 외워 두었지?"

"물론이지라~ 아주 손금 보듯이 외워버렸당께~ 대장님이 몇 달 전부터 엄청시리 닦달했잖여."

"좋아. 작전은 훈련 그대로일세. 나와 덕령, 문부가 한 부대씩 맡아 세 부대로 나누어 활동한다. 일 관문에서는 적을 통과시키고 이 관문부터 습격을 시작한다. 적을 쳤다가 달라붙으면 빠지고, 물러나면 다시 치고를 반복. 절대로 정면에서 붙지 말고 숨어서 공략하는 것이다. 알아듣겠나?"

"알았습니다!"

"새로 들어온 천 명의 군사는 어찌할까요?"

"그들은 한 개 대(隊, 11명 정도)에 두 명씩 섞어라. 이동하는 동안 작전의 기본개념을 가르쳐 주고 쓸모없어 보이는 자는 그 자리에서 베어버려."

"베… 베어버리라고요?"

"그래. 담이 작거나 교활해서 도망칠 것 같은 자가 있거든 그 자리에서 베어버려라. 우리 모두의 목숨이 달려 있으니 한 명의 탈영자도 용납하지 못한다. 우리의 위치와 정보가 새어 나갔다간 몰살당한다!"

평소에 아군의 희생을 무엇보다 싫어하던 백강이 그렇게 말하자 모두들 놀랐다.

그만큼 사안이 중요하다는 걸 알았다.

"구체적인 작전 사항은 이동하면서 다시 점검한다. 무엇보다 확실한 건……."

애타는 눈빛으로 백강이 참모들을 하나씩 쳐다보았다.

"살아남아야 한다는 거다. 우리는 살아남는 전투를 해야 한다. 불리하면 산속으로 도망쳐라. 얼마든지 다시 달려들면 되니 희생을 최소화해야 한다. 무슨 말인지 알아들었는가?"

"알아들었당께요!"

"넵!"

"좋아! 전군 집합! 보충병이 오는 데로 바로 출발한다. 느린 구보로 이동한다. 활과 화살, 조총, 비격진천뢰를 챙기고 미투리를 꽉 매어두어라!"

*　*　*

임진년 오월 스무 초하루(21일)날, 고니시의 일번대, 만오천의 병력이 조령 앞에 도착했다.

조령은 예부터 새재라고 불렸다.

이는 새도 넘어가기 힘든 곳이라는 뜻이 담겨 있었다.

산세가 험하고 외길은 계곡을 따라 가늘게 나 있으니 기습을 받기 딱 좋았다.

골짜기의 폭도 좁고 가파른데다가 수목이 우거져 있었다.

"천혜의 험지(險地)이다. 매복이 있기에 적당한 곳이니 정찰을 해야 한다."

노련한 일본장수들은 지세의 험준함을 한눈에 알아보았고, 고니시도 정찰병을 다섯 명씩 짝을 지어 열 부대나 내보냈다.

"수풀만 우거졌고 인적은 보이지 않습니다!"

"작은 관문이 하나 있사온데 조용했습니다!"

"조선군은 코빼기도 보이지 않았습니다."

정찰대의 보고는 한결 같았다. 조선군이 조령에 없다는 것이다.

"정말 한심한 놈들이군. 이런 천하의 지세를 버리다니. 병략의 기초도 모르는 것들이야."

"장인어른. 제가 뭐라고 했습니까? 이들은 평화에 젖어 싸우는 방법조차 잊어버린 족속들입니다."

"좋아. 신속하게 진군하여 조령을 통과한다!"

고니시와 소 요시토시는 매복이 없다는 말에 박수를 치며 좋아했다.

부산진에서 시일을 지체하여 방어 태세가 갖추어졌는지 알았는데 이런 결정적인 장소에 병력조차 없다니.

조선 장수들의 어리석음을 비웃으면서 출격 명령을 내렸다.

사실 조령에 도착 전에도 문경현감 '신길현'이 오십여 명의 병력으로 저항을 해왔다.

활을 쏘며 항전하던 그들을 조령입구까지 밀어 붙여 전멸시켰다.

신길현이 관아의 관인을 잡고 죽어도 놓지 않자, 그의 팔다리를 잘라서 차지한 일이 있었다.

'멍청한 것들. 싸우려거든 이런 장소에서 싸워야지. 아무 대가도 없이 개죽음을 당하는 걸 절개라고 생각하는 거냐? 어리석음도 정도가 있어야지.'

일본인이 생각하는 충의와는 전혀 다른 방식이라 고니시가 비웃음을 지었다.

이런 자연지세를 이용하지 않고 장엄하게 죽으면 된다고 생각하는 건 전국시대의 일본에서는 미련함, 그 이상도 이하도 아니었다.

＊　　＊　　＊

조령 안으로 들어간 지 한 식경(30분가량)이 지나자, 관문이 하나 보였다.

크기도 작고 허술해서 수성용이라기보다는 세금을 걷기 위한 건물에 불과해 보였다.

"저길 보십시오!"

관문 근처에 사람 모양의 그림자가 몇 개 보였다. 선봉대가 긴장해서 총을 들어 올리며 전투 준비를 갖췄다.

카아악~~

어디선가 까마귀가 날아오더니 그림자 위에 앉는 것이 아닌가.

그림자들은 사람이 아니라 허수아비들이었다.

"정말 어이가 없군. 저런 걸로 우리를 속이려고 한 건가?"

"조선인들의 어리석음에는 끝이 없나 봅니다. 하하하."

고니시와 소 요시토시는 비웃음을 터트렸지만 참모로 종군하는 승려 겐소(玄蘇, 전국시대 승려, 조선과의 외교활동에서 활약함. 임진왜란 초기, 고니시의 일번대에서 종군함)는 고개를 갸웃거렸다.

"조선의 선비들은 나라에 병화가 없어 전쟁에 대해서는

무지하지만 어리석지는 않습니다. 오히려 시와 문학, 학문에 있어서는 우리가 그들을 따르지 못하지요. 이와 같이 허수아비를 세워 놓은 건 조금 이상한 행동이군요."

"대사께서는 조선에 많이 방문하셨다더니 그들에게 동정심을 느끼는 모양입니다."

"당나라의 침략도 막아내고 몽골도 이겨낸 적이 있는 저력이 있는 민족입니다. 장군께서는 절대 얕보지 마십시오."

"알겠습니다. 대사님의 조언을 명심하지요."

일본군은 일 관문을 통과하여 한 시진(두 시간)을 더 전진했다.

"그나저나 풍경은 정말 훌륭하군요."

"그렇습니다. 나무가 풍부하고 아름답군요. 산성을 하나 지어서 머물면 좋을 것 같습니다. 장인어른."

"그럼 이 근방에 영지를 달라고 태합 전하(太閤, 도요토미 히데요시의 관직명)에게 말해 볼까?"

"아닙니다. 산만 있어서 농사짓기가 불편하니 비옥한 땅을 달라고 해야 합니다."

"맞다! 나는 비옥한 농경지가 있는 전라도를 달라고 할 것이야! 자네에게도 한몫 줄 터이니 기대하도록 하게. 하하하."

한가롭게 이런 이야기를 할 정도로 긴장이 풀려 있었다.

"관문이 또 있습니다!"

첫 번째 관문보다 더 허름해 보이는 관문이 보였다.

아예 나무로 만들어진 건물이었고 곧 무너질 것처럼 보였다.

"뒤에 올 수송 부대가 이동할 시에 방해될 것 같으니 아예 부숴버리거라."

명을 받은 병사들이 건물 안으로 들어갔다.

그런데 잠시 후에 다툼이 일어난 것처럼 시끄러워졌다.

"무슨 일이냐?"

궁금한 고니시가 물어보자 수하가 영문을 알아왔다.

"관문 안에 황금으로 보이는 것이 있었습니다. 병사들이 서로 차지하려 다투고 있습니다."

"뭣이? 황금?"

"정확히는 황금이 아닌 듯싶으나 무겁고 큽니다. 보석 같지는 않지만 특이해서 병사들이 나누어 갖고 있습니다."

고니시가 인상을 찌푸렸다.

전쟁 중에 전리품을 챙기는 건 당연한 일이지만 다이묘인 자신을 거치지 않고 병사들끼리 나누어 갖다니.

"어디 하나 가지고 와 보거라."

"하잇!"

잠시 후, 병사 하나가 공처럼 생긴 걸 가지고 왔다.

둥근 박처럼 생겼는데 겉에는 노란색 물감이 발라져 있었다.

"이제 보니 황금이 아니라 겉은 무쇠같이 보입니다. 노란색으로 칠해 놓았군요."

"저런 것이 몇 개나 있더냐?"

갑자기 의심이 생긴 고니시가 급히 물었다. 아무래도 예감이 좋질 않았다.

"스무 개가 넘지 않습니다."

"병사들이 골고루 나누어 가졌느냐?"

"하잇. 선봉대가 골고루 나누어 가졌습니다."

겐소가 고개를 갸웃거리면서 고니시에게 귀띔을 했다.

"아무래도 화약 냄새가 나질 않습니까?"

"그렇습니다. 우리 조총 부대에서 나는 냄새인 줄 알았는데 저 박 같은 것에서 나는 것 같아요."

"혹시 대포알 아닐까요?"

"대포알? 부산진성에서 몇 발 쏘는 걸 보긴 했지만……?"

"조선은 화약 무기가 제법 발달했습니다. 우리의 철포 같은 개인화기보다는 당나라(일본은 중국 대륙을 차지한 것이 어떤 나라이든 당나라로 부르는 습관이 있음)의 대포를 많이 따라합니다만."

둘이 대화를 나누고 있을 때, 박에서 탈칵하고 작은 소리가 들렸다.

들고 있는 병사가 귀를 박에게 갖다 대었다.

"방금 안에서 무슨 소리가……?"

쾅~~~~!

갑자기 폭음과 함께 커다란 폭발이 일어났다. 박이 터져 버린 것이다.

"으악~~!"

근처에 있던 고니시와 소 요시토시, 겐소 등의 장수들이 모두 놀라서 소리를 질러댔다.

그들이 타고 있던 말들이 날뛰어서 진정까지 시켜야 했다.

"무… 무슨 일이냐? 도대체가……?"

"우어어억~~~!"

연기가 걷히면서 전방이 드러났다.

땅이 움푹 파여 있었고 주변의 병사들이 피떡이 되어 바닥을 뒹굴고 있었다.

박을 들고 있던 병사는 아예 날아가 버렸는지 보이지도 않았다.

"기습…? 적의 공격인가?"

놀란 고니시가 물었지만 겐소가 고개를 저었다.

"아닙니다! 저것이 폭발한 겁니다! 저건 단순한 박이 아니라 화약 무기이에요! 얼른 버리라고 명령을⋯⋯!"

겐소의 말이 채 끝나기도 전에 앞에서 쾅! 하는 폭음이 들렸다.

쾅! 쾅! 쾅! 쾅! 쾅!

대포 세례를 받는 것처럼 먼지구름이 순차적으로 일어났다.

노란 박들이 차례로 폭발한 것이다.

둥근 박 안에는 날카롭고 작은 철 조각이 들어 있다가 터져서 주변 병사들의 살을 찢어놓았다.

터질 때 모여 있었다면 오십여 명 아니면 이십여 명이 한꺼번에 몰살당할 정도로 위력적이었다.

"으아아아악~~~!"

"내 다리~~!"

"살려 주세요! 살려 주세요!"

"쿨럭! 쿨럭!"

장정 대 여섯 명이 지나갈 만한 좁은 산길에 밀집해 있었던 일본군이었다.

폭발이 일어나자 당연히 큰 피해를 입고 대열이 흐트러졌으며 난리가 일어났다.

쉭~!

바람소리가 들리더니 고니시 볼 옆으로 무언가가 바람처럼 빨리 스쳐 지나갔다.

"앗!"

고개를 돌려 보니 옆에 있던 보좌 장수 눈에 작은 화살이 꽂혀 있는 것이 아닌가!

"기습이다! 적의 기습이다! 나를 보호하라!"

고함을 끝나기도 전에 그가 타고 있는 말의 목에 화살이 날아와 박혔다.

히이이잉~~!

고통스러운 말이 앞발을 들어 올린 뒤에 쓰러지자 고니시가 땅바닥을 험하게 굴렀다.

주변 장수들이 달려와 고니시 주위를 둘러쌌다.

"주군을 보호하라! 적이다! 적의 습격이다! 주군을 보호해!"

일본 전국시대에서는 무사가 자신이 모시는 주군, 다이묘를 지키지 못하면 봉록, 명예, 지위를 다 잃은 낭인(浪人, 로닌)이 된다.

차라리 주군을 보호하다 죽는 편이 남은 가족들을 생각한다면 훨씬 나았기에 죽어도 보호를 해야 했다.

때문에 전투 중에 다이묘가 전사하는 일은 극히 드물었다.

순식간에 고니시 주변으로 그런 무사들이 몰려와 자신들의 몸으로 장막을 만들었다. 계속 화살이 날아와서 쓰러트렸지만 뭉쳐서 서서히 뒤로 물러났다.

"으악!"

"왼쪽이다!"

"아니! 오른편에도 있어! 사방이 포위되었다!"

공격당한 건 고니시 뿐이 아니었다.

폭발이 끝나자 사방 천지에서 기습 공격이 시작되었다.

화살이 빗줄기처럼 쏘아져 내려와 일본군의 진영을 덮었다.

워낙에 밀집해 있었기 때문에 빗나갈 구석도 별로 없었다.

"크아아악~~!"

한꺼번에 피를 토하면서 쓰러지는 일본군들.

갑자기 터진 폭탄만 해도 큰 피해였는데 그건 시작에 불과했다.

어리둥절해하던 병사들이 대응하지 못하고 과녁판으로 변해 하나씩 죽어갔다.

"매복이다! 조선군이 매복하고 있었어!"

수하들에게 둘러싸여서 퇴각하는 고니시가 분루를 삼켰지만 너무 치명적인 기습이었다.

대장이 말에서 떨어져서 뒤로 물러나자 진영이 유지될 리가 없었다.

병사들이 허둥지둥 대면서 도망치기에 바빴다. 같은 편이 짓밟고, 밀고, 난리도 아니었다.

"저쪽! 저쪽 언덕에 놈들이 있다! 뭐 하고 있나? 이리로 모여!"

그나마 제정신을 차린 장수 하나가 반격을 가하기 위해 병사들로 진열을 만들었다.

나무 방패로 방어막을 만든 다음에 화살이 날아오는 언덕 방향으로 수백 명을 결집시켰다.

"좋아! 우리도 대응 사격을……."

산이 너무 가팔라서 기어 올라가는 것은 불가능했다.

대신에 아군이 철수할 때까지 대응사격을 하면서 차츰 퇴각하려 한 것이다.

탕! 탕! 탕! 탕!

"말도 안 돼! 어떻게 조선군이 철포대를? 욱~~!"

그런데 수풀에서 화약음과 함께 총소리가 울려 퍼졌다.

나무 방패가 구멍이 뚫리면서 병사들이 우수수 넘어졌다.

지휘를 하던 장수마저 머리통에 구멍이 뚫린 채 넘어졌다.

"조선군이! 조선군이 철포대(조총 부대, 당시 일본군은 조총을 철포라고 불렀다)를 가지고 있었단 말인가?"

퇴각하는 소 요시토시가 울부짖었다.

화살 공격을 받는 것만으로 치명적인데 철포로 공격당하면 나무 방패가 소용이 없었다.

방어를 하려던 병사들이 잇따라 피를 흘리며 쓰러졌다.

"퇴각! 전군 퇴각하라! 왔던 곳으로 퇴각하란 말이다!"

결국 목이 터져라 퇴각 명령을 내릴 수밖에 없는 고시니였다.

"저리 비켜! 저리 비키라고!"

"으악~~!"

"내 앞을 막지 마라!"

혼란에 빠진 일본군들이 후퇴 명령을 기다렸다는 듯이 뒤로 도망치기 시작했다.

진열 같은 건 진작 없어졌고 투구와 무기, 지니고 있던 병량까지 집어 던지고 달아났다.

그 와중에도 화살과 총알이 날아와 병사들을 쓰러트렸기 때문에 공포심이 더 일어났다.

아수라판으로 변해 버린 일본군들이 무질서하게 뒤로 퇴각했다. 장수나 병사나 살아남기 위해 필사적이었다.

방금 전까지만 해도 경치 운운하면서 느긋하게 전진하던 길이 죽음의 길이 되어 버렸다.

"고니시님! 어서 말에 타십시오!"

"오오~ 마쓰라 시게노부 공. 고맙소이다."

일번대에 속한 작은 다이묘 중 한 명인 마쓰라 시게노부가 말을 한 마리 끌고 와 고니시에게 건넸다.

고니시가 반가워하며 말에 올라서 전황을 살폈다.

"완벽하게 당했습니다! 지금은 신속한 퇴각만이 살길입니다."

"맞습니다. 시게노부 공. 전열이 너무 무너졌으니 질서를 갖추게 한 다음에 조령 입구까지 물러납시다!"

"우리 군이 좌우 호위를 맡겠으니 유키나가 공이 지휘를 하십시오."

"고맙소이다!"

다행히 마쓰라 군은 후방에 있어서 피해가 적었다.

그들이 나서서 질서를 유지시키자 그나마 진열이 갖추어지기 시작했다.

최악의 패망은 피할 수 있게 된 것이다.

앞장서서 말을 몰던 장수들이 드디어 계곡에서 벗어나 조령 입구를 지났다.

평지를 만나자 장수들이 정신없이 퇴각하는 병사들을 잡아서 대열을 만들었다.

도망칠 수 있는 길도 하나밖에 없어 다른 장소로 샐 수도 없었다.

고니시와 소 요시토시 같은 수뇌급 장수들도 거의 다 빠져나왔다.

"어서 전투 진형을 갖추어라! 어서! 장창부대를 앞에 세우고 철포대를 그 뒤에 세워라! 넓게 포진한 다음에 입구에서 나오는 적을 차례로 요격한다!"

산발머리를 싸매며 도망쳐 나오는 아군들. 조선군의 모습은 보이지 않았다.

불행 중 다행이라면 퇴각로가 하나여서 패군하는 병사들을 신속하게 다시 잡을 수 있다는 거였다.

기습 공격을 당해 일시적으로 진열이 무너지긴 했지만 병사들을 붙잡아 다시 전투태세를 갖출 수 있었다.

"좁은 길에서 매복을 당해서 당하고 말았다. 하지만 넓은 지역에서 회전이라면 이길 수 있다! 반드시 만회한다!"

이를 갈면서 계속 기다렸지만 시간이 흘러도 조선군은 여전히 나타나지 않았다.

몇 시진을 기다렸지만 부상당한 아군들만 간간히 모습을 드러낼 뿐이었다.

해가 져서 햇불을 피우고 대기했지만 여전히 조선군은 없었다.

"이게 어찌 된 일이냐? 패주한 우리를 추격하지 않다니?"

기세를 몰아서 공격을 당했다면 전멸당할 수도 있는 위기였다.

그런데 희한하게도 조선군은 추격하지 않았다.

"혹시 가토 군이 우리를 공격한 건 아닐까?"

상대가 철포를 쓴데다가 단 한 명의 적군도 목격하지 못하고 워낙에 귀신같이 당했는지라 그런 의심까지 들었다.

"제아무리 가토 기요마사라도 아군을 기습할 정도로 무도하지는 않습니다. 만약에 그런 짓을 했다간 태합 나리에게 목이 달아날 테니까요."

"또한 이렇게 작은 화살은 우리가 쓰는 것이 아닙니다. 터지는 박도 일본 것이 아니고요."

"그렇다면 어째서 우릴 추격하지 않는단 말이요?"

고니시가 겐소에게 물었다.

둘 다 만신창이가 된 것 마찬가지였지만 그래도 정신줄은 잡고 있었다.

"제 생각엔 조선군의 병력이 많지 않은 것 같습니다."

"맞습니다. 일만 정도만 되어도 우리는 아까 계곡에서 전멸당했을 겁니다."

소 요시토시도 옆에서 맞장구를 쳤다.

그제야 고니시의 머리도 제대로 돌아가기 시작했다.

"일리가 있네. 워낙에 정신이 없어서 생각을 못했네만 적은 아무리 많아 봐야 사천 정도밖에 되지 않을 거야. 그러니 우리를 따라와서 회전을 벌일 만큼은 안 되는 거겠지."

"그렇습니다. 아마도 정예군일 겁니다."

"적군을 보지도 못했지만 몇 가지는 알 수가 있네. 첫째, 적의 병력은 대군은 아니다. 둘째, 우리를 유인하고 속였으며 적절한 기습과 무리한 추격을 하지 않은 뛰어난 지휘관이 존재한다. 셋째, 깊은 산속에서도 통제가 가능한 잘 훈련된 병사들이 있다는 점. 이렇게 세 가지일세."

"우리를 보면 도망만 치던 지금까지의 조선군과는 틀립니다. 어쩌면 북방의 국경 정예군일지도 모르겠습니다. 만만한 상대가 아닐 겁니다."

초반에 정찰병을 보낸 적이 없을 때 조선군을 비웃은 것이 생각났다.

깊이 숨어 있었으니 정찰병은 발견할 수 없었다. 허수아비를 세우고 했던 것도 아군을 더 깊이 끌어들이기 위한 속임수였다.

그리하여 더 느긋한, 방심한 상태에서 매복 공격을 받게 되었으니 창피한 일이 아닐 수 없었다.

'무엇보다도 지휘관의 정체가 궁금하구나. 이렇게 교활하면서도 정확한 판단력을 갖춘 장수가 조선에 있었던 말이더냐? 폭탄을 색칠해 꾸며 놓아 서로 나누어 갖게 만들어? 우리 일본에서도 이와 같은 지략을 갖춘 자는 몇 명 없을 것이다!'

고니시의 마음에 적장에 대한 견제심이 끓어 올랐다. 나중에 큰 골칫거리가 될 것 같은 예감이 들었다.

분석이 끝나자 피로가 몰려왔다.

때마침 다른 다이묘들이 와서 고니시에게 퇴각을 건의했다.

"부대에 피해가 많을 뿐더러 병사들이 피로해합니다. 해도 졌으니 진열을 뒤로 물려서 재정비해야 합니다."

아침부터 행군을 했고, 공격을 받았으며, 다시 전속력으로 달아났다.

그런데다가 밤이 될 때까지 긴장된 상태로 전투 준비까지 하고 있었으니 피곤할 만도 했다.

사실 부산진의 싸움이 끝난 뒤에 가토와 선두 경쟁을 하면서 쾌속 전진을 한 것만 해도 상당히 무리한 것이다.

"문경으로 진을 물린다. 이곳에는 소수의 경비부대만 남겨 놓도록."

이렇게 해서 일차 조령 전투는 마무리되었다.

고니시의 반격

조령을 넘다가 불의의 기습을 받은 고니시 군은 진영을 구축한 뒤에 하루 동안 휴식을 취하면서 재정비의 시간을 가졌다.

"피해가 얼마나 되는가?"

정오가 넘어서야 피해사항이 집결되어 고니시에게 보고가 들어갔다.

"사망자와 실종자를 합쳐 천 명이 넘사옵니다. 부상자까지 합치면 이천이 넘는 피해를 입었습니다."

"이런~!"

이레 동안 격렬한 공성전을 치렀던 부산진성에서도 이렇

게 많은 인명 피해를 입지는 않았다.

겨우 한 식경(30분)도 안 되는 사이에 이렇게 많은 병사들을 잃을 줄이야.

보충이 쉽게 되지 않는 적국에 나와 있기 때문에 이번 손실은 상당히 뼈아팠다.

"사상자도 그렇지만 잃어버린 물자도 심각합니다. 도망치면서 병량과 화약, 특히 철포를 많이 버려두고 왔습니다."

당시에 총은 상당히 고가품이었다.

조선 정벌을 위해 많은 자금을 들여서 준비한 철포들이 사라졌다고 하니 상인 출신의 고니시는 더욱 가슴이 아팠다.

또한 병량 문제도 중요했다.

빠른 진군을 위해 최소한의 군량만 준비하고 출발했는데 그것마저 잃어 버렸다면 병사들을 먹이는 데 심각한 문제가 초래된다.

"지금까지는 점령전을 구사하느라 양민들은 웬만하면 건들지 않았지만 이제 그럴 수가 없게 되었군."

일본 영지로 만들기 위해서는 백성들의 마음을 얻는 것이 중요하다. 그래서 초기의 고니시 군은 일반 백성의 약탈을 금지했다.

"근처 마을을 뒤져서 먹을 만한 것을 걷어 와라. 또 두꺼운 나무판자를 많이 구해 오도록."

"나무판자라함은… 설마 또다시 조령으로 진입을 하시려는 건 아니시겠죠?"

소 요시토시가 두려운 목소리로 물었다.

"다시 들어가야 한다. 반드시 조령을 통과해야 해."

"장인어른! 너무 위험합니다. 지세가 너무 불리해요! 차라리 다른 길을 알아내서 우회하시죠!"

고니시가 고개를 가로저었다.

"우회하면 안 돼. 아니. 할 수 없다."

"어째서요?"

"적군이 조령에 소수만 있다는 건 대규모 병력이 모이고 있다는 증거. 우회를 하게 되면 시일을 더 벌게 되니 잘 준비된 대군과 맞닥뜨릴 가능성이 높아진다. 그뿐만 아니라 뒤에서 조령의 병력이 우릴 덮칠 수도 있게 되지. 앞, 뒤로 포위될 수 있게 된단 말이다."

"고니시 공의 말씀이 맞습니다. 또한 병사들의 사기도 생각해야죠."

겐소까지 고니시의 편을 들자 소 요시토시가 발끈했다.

"병사들의 사기라뇨? 조령을 무서워하는 병사들을 산속에 밀어 넣는 것이 사기를 올리는 방법이라도 된단 말씀이십니까?"

"이대로 우회하면 조선군에 대한 공포가 계속될 수도 있어요. 앞으로 계속 싸우자면 조령의 조선군을 박멸하여 마음의 공포심을 없애야 합니다."

"그뿐만 아니라 조령의 조선군 지휘관을 반드시 잡아야 한다. 누구인지 모르겠지만 우리 군에 최대의 걸림돌이 될지도 모르는 녀석이야."

장인어른인 고니시까지 굳은 얼굴로 말하자 소 요시토시는 더 이상 말릴 수 없었다.

"조령에서 야영할 준비까지 갖추도록. 그리고 깊은 산에 익숙한 병사들을 선발해 놓도록. 조선군의 목을 하나 가져올 때마다 은량 두 냥씩을 준다고 해."

"하잇!"

* * *

그 시각에 백강은 조령에서도 최고 험지로 뽑히는 '이화연'에서 야영을 하고 있었다.

"대장님! 척후가 돌아왔습니다."

"이리로 오라!"

조선군은 모두 나뭇가지와 풀등으로 갑옷을 덮어 위장하고 있었다.

얼굴에도 진흙을 발라 누가 누구인지 알아보기 힘들었다.

다만 개마무사단은 오랜 합숙 생활로 병졸들 가운데 있는 대장을 단번에 구분해 냈다.

"고니시 군의 동태는?"

진흙을 발라 시커먼 백강의 얼굴에서 눈빛이 반짝거렸다.

"진영이 물리고 정비를 하고 있습니다. 피해가 꽤 큰 듯합니다."

"그렇다면 조령으로 다시 오지 않을 수도 있겠습니다."

부관이 의견을 제시했지만 백강이 고개를 저었다.

"놈들은 다시 온다. 이대로 물러날 놈들이 아니야. 단, 고니시는 신중한 자이니 이틀 정도 철저히 준비하고 올 것이야. 우리는 그동안 함정을 더 준비해 놔야 해."

조령의 이 관문에서 고니시 군을 습격한 건 당연히 백강의 개마무사단이었다.

이미 하루 전에 매복을 해 놓고 적군이 오기만을 기다리고 있었다.

그동안 이런 상황에 대한 훈련도 쌓았기에 싸움이 시작되자 침착하게 적을 공략했다.

아군에는 한 명의 사상자도 없는 대승을 거두었다.

"우리 부대에서는 두 명 정도 다쳤습니다. 그러나 경상입니다."

"약초를 캐서 부상자에게 발라줘. 말린 고기를 먹고 잠시 쉰다. 명심해! 똥오줌은 외진 곳에서 싸고 반드시 땅에 묻어라! 이동시에는 발자국을 남기지 마라!"

"넵."

"조총 부대는 화약관리에 신경을 써라. 화약 냄새는 상당히 멀리 퍼진다고 했어."

"명심하고 있습니다."

조령에 오기 전부터 수십 가지의 계책을 준비해 온 백강이다.

첫 전투에서는 그중에 하나를 사용했을 뿐이었다.

"초반 습격이 잘 먹혀서 다행이었다."

폭발을 하는 둥근 박처럼 생긴 물건은 조선의 비밀병기 '비격진천뢰'였다.

동방상단에서 끌어들였던 화약장 이장손이 만든 물건인데 무쇠로 만든 공 안에 도화선을 넣어, 터지는 시각을 조절할 수 있는 폭탄이었다.

안에는 빙철을 집어넣어 살상력을 높였는데, 원래는 완구에 넣어 발포하는 용도였다.

중세 병기 전문가이기도 했던 백강은 비격진천뢰의 위력을 알고 있었다.

이장손이 설계도를 건네자 적극 지원하여 많이 비축해 놓고 있었다.

원래 용도보다 위력도 높았고, 보유량도 많았지만 후방

으로 내려오느라 조령 전투에는 많은 수를 가지고 오지는 못했다.

"완구를 산에 가져갈 수 없으니 그냥 던져 놓자. 용도를 모르는 왜군은 반드시 흥미를 표하면서 수중에 넣으려 할 테지."

백강은 일본군이 처음 보는 무기라는 점을 이용하여 노란색으로 칠해 놓고 적군이 도착하기 직전에 심지에 불을 붙여 놓았다.

호기심을 유발해서 적진가운데에서 터지게끔 유인을 한 것이 대성공을 거둔 것이다.

가지고 온 비격진천뢰를 모두 사용했지만 하나도 아깝지 않았다.

최고의 효과를 발휘하면서 터졌기 때문이다.

"나머지 부대도 큰 피해는 없겠지?"

"다들 쏘기만 바빴지 반격을 받은 부대는 없습니다."

백강의 군대는 세 부대로 나누어져서 요처에 몸을 숨기고 있었다.

일본의 정찰대는 조령 중간도 못 와서 돌아갔다.

길 근처만 살폈기에 철저하게 숨어 있는 개마무사단을 발견할 수 없었다.

원하는 위치로 적군이 들어와 비격진천뢰가 터져서 진열이 무너졌을 때, 일제히 일어나 공격을 감행한 것이다.

"첫 전투는 우리의 승리였다. 그러나 이제는 왜적도 우리가 있다는 걸 알고 있고 방비한 상태에서 진군해 올 터. 진정한 싸움은 이제부터다."

통쾌한 승리였지만 백강은 전혀 좋아하지 않았다. 오히려 더 심각해져서 다음 지시를 내렸다.

"역시 왜군은 강군들이다. 우리라면 그렇게 당하면 바로 패주했을 텐데 예상보다 훨씬 질서 있게 퇴각을 했어. 화살과 무기들은 수거해 왔는가?"

"그렇습니다. 걷어 올 수 있는 건 최대한 걷어 왔습니다. 놈들이 버리고 간 화약과 총알도 챙겨왔습니다. 조총도 백 자루 정도 습득했지만 가져올 수가 없어 근처에 묻어두고 표시해 두었습니다."

"알았네. 이번에는 산속에서 격전이 벌어질 거야. 각오를 단단히 하도록."

나뭇가지로 땅에 그림을 그려가며 다음 계획에 대해 열심히 설명을 시작했다.

* * *

이틀의 재정비를 마친 뒤에 고니시 군은 다시 조령 진입을 개시했다.

"방패를 올려 길옆을 막아라!"

부주의했던 지난번과는 달랐다.

민가에서 털어온 두꺼운 나무판자를 옆에 세워 진열을 보호하면서 천천히 전진했다.

고니시나 소 요시토시 같은 수뇌 장수들도 말에서 내려 판자에 숨은 채 이동했다.

당연히 진군 속도는 느릴 수밖에 없었다.

금방 도착했던 일 관문까지 가는 데 두 시진(네 시간)이 넘게 걸렸다.

"주군!"

"무슨 일이냐?"

"관문이 무너져 있습니다!"

"뭣이?"

멀쩡했던 일 관문이 무너져서 길을 막고 있었다.

허름했던 나무 건물, 이관문과 달리 일관문은 바위로 만든 관문이었다.

통나무과 바위가 섞여져 길을 막고 있으니 한눈에 보기에도 치우기가 힘들어 보였다.

"여기다. 여기서 적이 습격해 올 거야."

전장에서 잔뼈가 굵은 고니시다.

저번에는 방심하다 당했지만 지금은 온 신경을 집중하고 있었다.

"선봉대는 길을 뚫어라! 나머지는 방진을 짜고 전투를

준비한다!"

"하잇!"

병졸들이 판자를 방패삼아 앞으로 나가 이물질을 치우는 작업을 시작했다.

고니시의 직감이 맞았다.

지금이야말로 백강이 기다리고 있던 공격기회였다.

산속에서는 개마무사대가 사냥감을 노리는 호랑이처럼 이 순간을 노리고 있었다.

"장애물을 치우는 녀석들을 먼저 쏠까요?"

백강 부대 참모가 그에게 물었지만 그는 고개를 저었다.

"아니다. 그 방향은 문부 부대의 위치가 제일 적격이다. 우리는 중앙부를 견제하는 공격을 감행한다."

"언제 시작할까요?"

"지금."

짧은 목소리와 함께 백강이 먼저 일어나서 활시위를 당겼다.

그것이 신호가 되어 모든 조선군병이 모습을 드러내어 기습을 전개한다.

"적이다!"

팍! 팍! 팍! 팍!

숲에서 화살 세례가 쏟아졌지만 준비를 잘 해온 고니시 군은 저번처럼 속수무책으로 당하지 않았다.

"이놈들! 이틀 전 같지는 않을 거다!"

이를 갈면서 고니시가 방패 뒤에서 적진을 살폈다.

침착하게 살펴보니 수풀 사이에서 간간히 모습을 드러내는 군졸들이 보인다.

놈들은 귀신이 아니라 분명한 사람이었다.

"장인어른! 세 방향에서 공격을 하고 있습니다."

소 요시토시가 고니시에게 다가와 보고했다.

"맞아. 이쪽 능선과 저기 봉우리 위. 그리고 오른편 경사로에 숨어 있다. 병력수는 삼천에서 삼천오백 사이야! 가뜩이나 없는 병사 수에다 통제가 힘들 텐데 분산까지 시켜놓다니. 수하들을 믿는 자신감이 없고서는 할 수 없는 배치다. 보통 간이 큰 놈이 아니야!"

"아직까지는 활 공격만 하고 있습니다."

"철포는 아끼고 싶은 거겠지. 저번처럼 터지는 화약 무기는 이제 없을 거다."

몇몇 쓰러지는 병사가 있었지만 나무판자가 방패 역할을 잘 해주어서 지난번처럼 피해가 크지 않았다.

"조금만 더 버티자. 이렇게 쏘다가는 곧 화살이 떨어질 게다!"

일본군도 방패 뒤에 숨어 대응사격을 했고 한동안 전투가 계속되었다.

밑에 있어서 불리하긴 했지만 상당히 잘 싸웠다.

과연 고니시 말대로 날아오는 화살의 수가 줄어들었다.

복수의 기회가 찾아왔음을 일본군 수뇌부가 알 수 있었다.

"이제 슬슬 반격을 시작해 보자! 산악 부대를 출격시켜!"

"어디부터 칠까요?"

"저기 바위가 무너진 곳으로 올라가서 경사로 부근의 적부터 친다!"

"하잇!"

고니시가 지시를 내리자 이 천의 군사가 진열에서 떨어져 나와 오른편으로 달려갔다.

원래는 가팔라서 오를 수 없는 곳이었는데 관문이 무너진 탓에 힘들지만 길이 나 있었다.

"방패로 막으면서 전진한다!"

판자로 자신들을 철저히 보호하면서 올라갔다.

위에 있는 조선군들이 필사적으로 쏴서 쓰러트렸지만 전부 막을 수는 없었다.

"우리가 제일 먼저 걸렸군요."

그들이 올라가는 곳에는 백강의 부대가 있었다.

"이대로 육박전을 벌일까요?"

"안 된다! 두 번째 관문 봉우리까지 퇴각한다."

"그렇게 멀리까지요?"

"한 개 대씩 번갈아 가면서 후방을 막아. 한 번씩만 쏘고 교대하면 후퇴한다."

"넷."

"덕룡! 문부! 사제들! 뒤를 부탁하네!"

미련 없이 자리를 뜨는 백강과 그의 부대원들. 빽빽이 들어찬 나무과 풀 사이를 뚫고 신속하게 퇴각했다.

"저기 있다! 조선 놈들이 저기 보여! 쫓아라! 한 놈 잡을 때마다 은량이 두 개씩이다!"

올라온 일본군들이 손가락질을 하면서 쫓아왔다. 하지만 산속에서는 보인다고 해서 바로 다가갈 수 있는 것이 아니다.

조선군이 있는 근처까지 왔다고 생각했지만 그들의 그림자도 발견할 수 없었다.

쉭~! 쉭~!

"악~!"

게다가 조금만 방심하면 어디선가 화살이 날아와 아군을 쓰러트린다. 곤욕이 아닐 수 없었다.

"판자를 들어! 막으면서 전진한다!"

"하지만 너무 무겁습니다. 큰 나무가 많아서 이동하기가 쉽지 않고요! 차라리 판자를 놓고 가면 안 되겠습니까?"

"바보 같은 놈! 죽고 싶은 게냐? 무거워도 들어! 그것이 너의 생명을 지켜준다!"

화살을 막기 위해 보통보다 더 두꺼운 판자를 가지고 왔기 때문에 무게도 무거웠다.

두 명, 세 명씩 짝을 지어 판자를 들고서 산속으로 더 들어갔다.

그냥 걸어가도 힘든 거친 숲이다.

당연히 땀은 비 오듯이 흐르고 팔은 후들거렸다.

첫 번째 산악부대가 모두 산 위로 올라가 적을 추격하자 고니시가 다시 명령을 내렸다.

"준비해 온 것을 저기에 대라. 두 번째 산악부대를 출격시킨다!"

천을 건더니 길쭉한 무언가를 절벽에 갖다 댔다.

조잡하기는 하지만 통나무를 이어 붙여 만든 사다리였다.

"걸어! 걸어라!"

뿐만 아니라 갈고리가 있는 줄을 던져 절벽에 걸기도 했다.

공성전을 대비해서 가져온 것인데 요긴하게 쓰고 있었다.

"와~! 지럴허네~! 문어 대가리 자식들을 봐라~! 준비를 아주 단단히 했구마잉~!"

절벽을 타고 오르는, 새로운 왜군이 노리는 부대는 김덕령의 군사들이었다.

"성님! 아싸리 조짝으로 가서 박살 내뿌립시다요~!"

김덕령의 심복인 최강이 권했지만 꿀밤을 때렸다.

"야이~ 반푼아~! 대장님 말씀은 똥구녕으로 처들었냐잉~! 우덜이 가서 붙으면 문어 대가리 새끼들이 새카맣게 우덜한테 달라붙어 버린다는 걸 모른다냐잉~! 언덕 너머로 퇴각할랑께 싸게 싸게 움직여버려~!"

김덕령 부대도 신속하게 숲 속으로 퇴각을 했다.

"장군님. 우리 부대만 남았습니다. 어쩌죠?"

백강 부대와 김덕령 부대가 빠지자 정문부 부대만이 남아서 고니시 본대를 상대했다.

당연히 그 위력이 현저히 떨어졌다.

"음……."

고민에 빠지는 정문부.

이런 경우 지휘관이 알아서 판단하라고 미리 지시해 놓은 백강이다.

한 번 결정에 전멸당할 수도, 일등 공신이 될 수도 있었다.

"우리가 가장 높은 곳에 있어. 나머지 부대를 도우러 가봐야 이미 왜군의 뒤만 쫓게 될 거다. 차라리 계속 본대를 견제하자."

"그렇지만 총알과 화살에도 한도가 있습니다."

"대를 나누어 가면서 쏜다. 지금처럼 계속 공격하는 것이 아니라 확실하게 모습을 드러내는 적만 사격한다."

"알았습니다."

계곡 아래 있는 왜군 수뇌부도 적이 한 부대만 남았다는 걸 알았다.

고니시가 적정을 살피면서 고소한 미소를 지었다.

"흥. 외롭게 되었구나. 혼자만 남았으니 무서울 거다."

"어찌할까요? 장인어른? 저놈들에게도 부대를 보낼까요?"

"아니다. 우리는 장애물을 치우고 전진한다. 한 부대 가지고는 우리를 막지 못해! 이 기회에 조령을 통과한다!"

본대의 손길이 빨라졌다.

간간히 날아오는 화살을 막으면서 길을 여는 작업을 계속했다.

조령을 방어하는 조선군의 위기였다.

의외의 지원군

"어떻게 되었나?"

퇴각지점까지 모두 도착을 하자 백강이 부대원들의 안부를 물었다.

"두 명이 실종입니다. 모두 대립인들입니다."

구백에 가까운 부대에 두 명 실종이면 준수한 피해였다.

"넓게 포진한다. 이곳에서 한 차례 접전을 치러본 다음에 이차 집결지로 후퇴한다."

"대장님. 그러다가 고니시가 조령을 통과하면 어쩌시렵니까? 차라리 여기에서 승부를 가리시죠. 우리를 쫓아오는 왜군들의 수는 많지 않습니다."

"지금은 정문부, 김덕령 장군을 믿고 원래 계획대로 한다. 객기를 부릴 때가 아니야."

"혹시라도 나머지 두 부대도 우리처럼 쫓기고 있다면 어떻게 합니까?"

"아무리 고니시가 모험을 한다 해도 본대를 세 부대로 나누지는 않을 거다. 그렇게 무리수를 두는 장수가 아니야."

대화를 이제 그만하자는 뜻으로 검지손가락을 입에 댔다.

앞에서 바스락 소리가 들렸기 때문이다.

꺽~~꺽~~

"휴~ 멧돼지입니다."

다행히 왜군이 아니라 산짐승들이었다.

"조총을 가지고 와라. 후방에서 조총 일제 사격을 해서 쫓아오는 놈들의 기세를 꺾어 보자."

병기들을 챙기면서 전투태세를 갖추는 백강의 부대였다.

심지에 불을 붙이고 꼬질대로 총구를 쑤시면서 준비를 하는 백강과 조총을 다룰 줄 아는 군사들.

'오늘, 내일이 전투의 승부처다!'

아직 쫓아오는 왜군의 기색은 보이지 않았다. 충혈된 눈으로 전면의 숲을 살피는 백강과 그의 군사들이었다.

"아까부터 동료들이 안 보이잖아?"

"어? 뒤에 있었는데?"

사다리를 타고 올라와 김덕령을 추격하던 왜병 이십 명이 주위를 두리번거렸다.

은량을 얻을 욕심에 앞사람만 보고 열심히 산속으로 들어갔는데 낙오되어 버린 것이다.

"이봐. 어서 돌아가자고."

"이대로 돌아가자고? 힘들게 절벽을 올라왔는데?"

"적어도 동료들한테는 돌아가야 할 것 같아."

"겁먹지 말라고. 조선 놈들이야 활이나 쏠 줄 알았지 칼이나 창을 쓰는 걸 본 적이 없어. 소리만 질러도 도망치기 바쁘더라고!"

"허긴 자네의 창술이 제법이지!"

"당연하지! 이 창 하나면 조선 놈들 백 명이 와도 문제없다고!"

덩치가 제법 큰 왜병이 자신의 긴 창을 들어 올리면서 자신 있게 외쳤다.

샤악~!

"헉~!"

바람소리와 함께 덩치의 앞에 있는 왜병의 가슴에 화살

이 박혔다.

"조선 놈들이다! 전투준비!"

"긍께 뭐라고 씨부려 쌌냐?"

호랑이 울음소리 같은 호통소리와 함께 검은 그림자가 수풀 속에서 뛰어 나왔다.

"으랏차차~~! 덤벼! 덤비라고! 문어 대가리 새끼들! 나가 바로 무등산 김덕령이여!"

왜병 한가운데 떨어진 김덕령이 한 손에는 철퇴를, 한 손에는 환도를 들고 휘둘러댔다.

칼이 한 번 지나갈 때마다 왜군의 몸이 반 토막이 나서 잘라졌다.

원통형 뿔 투구와 머리를 철퇴로 한꺼번에 박살 내버렸다.

"뭐냐? 뭐냐고? 막아! 막으란 말이닷!"

"아따~! 고 새끼덜 시끄럽구마잉. 나가 니덜을 한 놈이라도 살려 둘 성싶으냐?"

놀랄 틈도 없었다. 순식간에 열 다섯 명의 왜군을 말 그대로 도륙 내버리는 무서운 무예였다. 파리를 잡는 것처럼 손쉽게 척살했다.

"이… 이럴 수가!"

어느새 아까 단병접전에 자신 있어 하던, 장창을 든 왜병 하나만 남고 열일곱이 전부 죽어 버렸다.

말 그대로 눈 깜짝할 새였다.

"뭐 하고 자빠졌냐? 싸게 덤벼부려~!"

자신이 죽인 병사들의 피로 범벅이 된 김덕령이 노려볼 때, 눈에서 파란 안광이 번쩍거렸다.

그걸 보고는 장창을 든 왜병은 공포로 인해 그 자리에서 오줌을 싸 버렸다.

"안 오면 나가 먼저 가지이~!"

김덕령의 몸이 제자리에서 사라지는 듯하더니 땅 밑에서 솟아나는 것처럼 나타나 왜병의 두 다리를 철퇴로 후려 갈겨 버렸다.

"우웩~~!"

다리가 부러지는 고통을 느끼면서 왜병이 자리에서 한 바퀴 재주를 넘었다.

땅에 떨어지기도 전에 김덕령의 칼이 그의 배를 다섯 번이나 갈라 버려 피가 사방에 튀었다.

"이 썩을 놈~! 우덜 조선 남아(男兒, 사내대장부)가 만만해 보였냐잉~!"

그러고도 성에 차지 않는지 칼로 복부를 깊이 찔러 버리자 몸통이 나무에 박혀 고정되어 버렸다.

고통은 없었다.

재주를 넘는 도중에 이미 사망해 버렸기 때문이다.

"성님! 우덜 보고는 참으라고 해 놓고선 혼자 요로꼬롬다 해치워 버리시면 어쩐다요?"

최강, 최담령을 비롯한 김덕령의 수하들의 뒤에서 모습을 드러냈다.

활로 몇 명을 맞춘 다음에 부대원들이 달려들기도 전에 김덕령이 전부 베어버린 것이다.

같은 편이 봐도 정말 가공할 만한 무위였다.

"몸이 찌뿌둥해서 쪼까 풀어 봤다. 맴 풀고 싸게 이동해 부리자."

"알았구만요."

왜병들의 몸을 뒤져 병량과 무기 등을 챙긴 뒤에 신속하게 사라져 버리는 김덕령 부대.

끔찍하게 도살된 시체들은 일부러 치우지 않고 잘 보이게 해 놓고 갔다.

* * *

한 시진하고 반 정도 지나자 막혀 있던 일 관문이 뚫렸다.

가끔 날아오는 화살 속에서 고니시 본대가 열심히 작업한 결과였다.

"시간을 너무 끌었다. 어서 이동하자!"

"산악부대는 기다리지 않으십니까?"

"이미 만약의 경우를 대비한 집결지를 정해 놓았어! 가자!"

고니시가 병사들을 격려하면서 전진을 종용했다. 방패를 들고 좁은 길을 통과해 가는 본대였다.

탕! 탕! 탕!

산 위에서 가끔 조총 사격이 이어졌지만 명중탄이 적었다.

"어쩌죠? 꽁꽁 숨어서 맞추기도 힘듭니다."

봉우리 위에서 견제를 하던 정문부 부대는 애가 탔다. 왜군은 자신들의 방해에도 불구하고 끈질기게 전진 중이었다.

"능선을 따라 가면서 계속 괴롭힌다!"

"쏠 수 있는 장소는 많지 않습니다."

"괜찮아! 최대한 막아 봐야 해! 백강 대장님이 우리만 믿고 있다!"

이를 악물고 활을 한 번 더 당긴 정문부가 분통을 터트리면서 명령을 내렸다.

계곡을 따라가면서 능선의 조선군과 길 아래의 왜군 본대가 서로 견제 공격을 하며 이동했다.

화살도 많이 떨어진 데다가 일본군도 대비를 잘하기 때문에 서로 피해는 미미했다.

곧 비격진천뢰가 터졌던 이 관문이 나타났고 그 장소도

별 탈 없이 지나갔다.

"저길 봐라!"

앞을 보던 고니시기 기쁨의 탄성을 터트렸다.

"올라갈 수 있는 길이 있다! 능선을 따라갈 수 있겠어!"

드디어 옆에도 절벽이 아닌 언덕이 나왔다.

가파르지도 않아서 대군을 올려 보낼 수 있는 길이었다.

"지긋지긋하게 달라붙은 녀석들을 혼내줄 수 있겠군요!"

"이천의 군사를 당장 올려 보내!"

"하잇!"

본대에서 떨어져 나온 군사들이 지휘관의 명령에 따라 언덕길을 올라가기 시작했다.

약간만 더 가면 정문부 부대가 대기하고 있는 능선이었다.

"이거 어쩌죠?"

그 상황을 보는 정문부의 표정이 무척이나 안 좋았다.

"'하늘재'까지 퇴각한다!"

"우리마저 없으면 본대가 조령을 통과할 겁니다!"

"그럼 어쩌자는 거냐?"

"죽기 살기로 돌격하시죠!"

"안 돼!"

정문부가 부관의 멱살을 잡았다.

"백강 대장님과 우리는 조선의 희망이다! 여기에서 죽을 수 없어! 죽는 건 충의가 아니야!"

"하지만……."

"부디 다른 부대가 우회하여 앞을 막아 주기만을 바라자. 지금은 물러나야 할 때야."

"이레를 버티지 못하면 순변사 신립 장군이 백강 대장님의 목을 벨 겁니다."

"내가 그리 놔두지 않아. 어서 가자!"

쫓아오는 왜병들을 뒤로 하고 정문부 부대마저 다른 장소로 후퇴를 시작했다.

"세 부대를 전부 밀어 냈으니 이제 우리를 막을 조선군은 없다!"

지겨운 판자를 밀쳐내면서 고니시가 소리를 질렀다.

"어서 가자! 산속은 이제 지긋지긋하다! 어서 조령을 벗어난다!"

일반 병졸부터 지휘관들까지 일본군의 마음은 똑같았다.

지옥 같은 조령에서 벗어나고 싶은 마음 말이다.

방해하고 있던 마지막 부대마저 사라지자 일본군들이 판자를 버리고 빠르게 전진했다.

"힘들 내라! 거의 다 왔어!"

드디어 본대가 조령의 끝부분에 이르렀다.

수장인 고니시를 비롯해서 병사들이 모두 희희낙락하면서 발걸음이 빨라졌다.

"와~~~! 나무아미타불! 나무아미타불!"

그런데 전방에서 고함소리와 염불소리가 터져 나왔다.

"뭐… 뭐야?"

쉭! 쉭! 쉭!

화살도 함께 날아왔다.

방패역할을 하던 무거운 판자는 놓고 왔기 때문에 앞에 있던 병사 몇 명이 맞고 쓰러졌다.

"일단 피해!"

길옆으로 몸을 숨기는 고니시 본대.

"조선군이 아직도 남아 있었던 말이냐?"

나무 그루터기에 숨어 전방을 살폈다.

전방 계곡에 수풀 사이에서 회색 옷이 힐끗 힐끗 보였다.

"병력이 많지는 않습니다. 오백 정도요?"

"믿을 수 없다. 안에 더 있을 수도 있어! 우리를 유인하려고 작은 수만 배치했을 수도 있지!"

"장인어른! 그냥 강행 돌파하시죠!"

선택의 순간이다.

많지 않아 보이는 조선군의 공격을 뚫고 지나갈 것이냐? 아니면 다시 뒤로 물러나야 할 것이냐?

'절반에 가까운 많은 정예 병력을 산에 올려 보냈다. 또

능선으로 통해 올라가는 길이 있다는 보장도 없으니 조령을 벗어날 때까지 계속 화살꽂이 신세가 될 수도 있어!'

"크리스토시여! 왜 나에게 이런 시련을?"

일본 장수로서는 특이하게 고니시는 카톨릭 신자였다.

현재 그의 군에는 종군하는 포르투갈 신부가 있고 밤마다 미사를 올릴 정도로 독실한 신자다.

앞에서는 불교의 염불소리가 들리니 반사적으로 십자가를 만지면서 자신이 믿는 신을 찾았다.

"나무아미타불! 나무아미타불!"

"염불 소리가 큰 것이 아무래도 승병 같습니다."

"갑자기 어디서 나타난 승병이란 말이냐? 근처에 절이라도 있었던가?"

"그건 잘 모르겠지만 전에 있던 조선군만큼 활을 잘 쏘지는 못합니다. 궁수가 많지도 않고요."

"원래 승병들은 무예가 출중하다. 육박전이 주특기겠지."

전국시대의 일본에도 승려들로 이루어진 군대가 많았다.

'혼간지'처럼 아예 절을 중심으로 한 지역을 지배하면서 큰 세력을 이룬 경우도 있었다.

천하의 오다 노부나가도 혼간지의 반란을 제압하려고 상당한 고생을 했다.

"승려들이 확실해. 조선에도 승병들이 있을 줄이야."

숲 속에서 얼핏 보이는 방어군을 보니 민머리에 회색 승복을 입고 있었다.

조선말이지만 염불 소리까지 들으라고 크게 외치는 것이 승병이 틀림없었다.

"어찌하시렵니까?"

현재 피해는 크지 않았다.

그렇지만 병사들의 피로가 최고치에 달해 있었고, 병력이 절반 가까이로 줄어 있는 상태였다.

저 승병들 말고도 뒤에 조선군의 주력이 대기하고 있다면 전멸당할 수도 있었다.

"퇴각한다!"

씹어 먹는 것처럼 이를 악물고 명령을 내리는 고니시 유키나가.

그는 도요토미 히데요시의 시동으로 시작해 수많은 전투에 참가했지만 이런 패배를 겪는 건 처음이었다.

게다가 이제는 다이묘의 자리까지 오른 자신이 아니던가.

그래도 고니시 유키나가는 이성적인 장수였다.

분한 마음에 돌격을 명하고 싶은 마음은 굴뚝같지만 그건 무리였다.

적국에 와서 전쟁을 치르고 있는데 더 이상의 병력 소모는 치명적이었다.

"하잇!"

수장의 지시가 떨어지자 병사들이 비틀비틀 뒤로 물러났다.

사정거리가 닿지 않아 화살은 땅바닥에 떨어졌지만 조선군은 사격을 멈추지 않았다.

그만큼 사기가 높다는 반증이다.

"분하다! 분해!"

주먹을 꽉 쥐고 분통을 터트리고 마는 고니시 유키나가였다.

* * *

거의 조령의 끝자락까지 가는 데 성공했던 본대가 다시 입구로 쫓겨 오는 데는 많은 시간이 걸리지 않았다.

조선군의 방해도 없었고 장애물도 없어서 터덜터덜 걸어올 수 있었다.

그래도 전체 전투 시간은 짧지 않아서 조령을 벗어나 영채를 세울 때는 해가 뉘엿뉘엿 지고 말았다.

영채를 지은 다음, 숨도 돌리기 전에 백강의 부대를 추격했던 첫 번째 산악부대가 산에서 내려왔다.

"어찌 되었느냐?"

그들이 도착했다는 소식에 한걸음에 달려 나간 고니시다.

그러나 그의 기대와는 달리 부대의 몰골이 형편없었다.

"놓… 놓쳤습니다…….”

"뭣이? 적 부대를 격파하지 못했다는 거냐?”

"햇빛조차 들어오지 않는 깊은 숲이었습니다. 도대체 어디로 도망쳤는지 알 수가…….”

"포로는커녕 수급조차 하나 얻지 못했단 말이냐?”

"그… 그렇습니다….”

그게 다가 아니었다. 아군에 백 명에 가까운 실종자가 발생해 있었다.

"이놈! 당장 할복하라! 너 같은 무능한 놈은 살 가치가 없다!”

평소 냉정한 성정과는 달리 고니시가 노발대발하여 참모들과 다이묘들이 말려야만 할 정도였다.

한 시진 정도 지나서 두 번째 산악부대가 영채로 내려왔다.

그들은 첫 번째 부대보다 더 참담한 몰골이 되어 있었다.

사망자와 실종자도 삼백이 넘었다.

"조령에는 귀신이 삽니다!”

"그건 또 무슨 말이냐?”

"진열에서 조금만 떨어져도 죽임을 당합니다. 그것도 야

수에게 당한 것처럼 온몸이 갈기갈기 찢겨 있거나 뼈가 모두 으스러져 있었습니다! 우리 보고 보란 듯이 시체들을 나무에 걸어 놓기까지 했습니다!"

"지금 그걸 말이라고 하는가! 여봐라! 이놈을 당장 참수해라!"

앞의 지휘관은 할복시키지 않았지만 이 지휘관은 참수시켜 버렸다.

군의 사기를 생각해서라도 살려둘 수 없었다.

"세 번째 부대에 기대를 걸어보자."

적 부대를 격멸시킨다는 희망은 차츰 줄어들었지만 그래도 실낱같은 기대를 세 번째 별동대에 걸어보았다.

세 번째 부대는 자정이 다 되어서 영채로 내려왔다.

"왔느냐? 조선군 부대를 전멸시켰느냐?"

"소규모 전투는 있었사오나 성과는 없었습니다. 다만……."

"다만 뭐냐?"

"조선군의 부대원들 여덟 명이 우리에게 탈영해 왔습니다."

"드디어! 드디어 조선군을 얻었구나! 어서 이리로 끌고 오라! 통역인도 데리고 오고! 적장과 적의 병력, 위치를 알아내어 섬멸시킬 단서가 생겼어!"

조선군을 산 채로 데리고 왔다는 소식에 고니시는 승리

를 거둔 것만큼이나 기뻐했다.

그들을 통해 승리에 대한 단서를 얻을 거라는 기대 때문. 그 만큼 절실한 상황이었다.

수하들이 끌고 온 조선병사들은 가죽 갑옷을 입고 비루한 모습의 병사들이었다.

한눈에 보기에도 정규군은 아니었다.

"네놈들은 어디 소속이냐?"

"먼저… 약조를… 저희를 살려주시고 은자를 주신다는 약조를 해주셔야…….."

"이 천한 놈들이 건방지게! 당장에 베어버리겠다!"

수하가 거칠게 나왔지만 고니시가 말렸다.

"심하게 대하지 마라. 자! 내가 바로 고니시 유키나가다. 이 군단의 책임자가 나이니 무엇이든지 들어줄 수 있다. 우리가 물어보는 질문에 대답을 잘해주고 적극 협조하면 원하는 바를 전부 들어주마."

"그것이 참말입니까?"

"그럼. 내 명색이 장수인데 어찌 거짓을 말하겠느냐? 내 명예를 걸고 약조하마. 어서 소속부터 말해 보거라."

억지로 웃는 낯을 보이며 달래보았다.

"그것이… 저희는 대립인들이옵니다."

"대립인?"

생소한 단어에 왜군 장수들이 고개를 갸웃거렸다. 통역

인이 나서서 설명해 주었다.

"대가를 받고 군역을 대신 해주는 녀석들입니다."

"이놈들 보게. 어쩐지 천해 보이더만 목숨을 파는 녀석들이로군."

"조선은 전쟁이 없으니 군역이 그리 위험하지는 않습니다."

"그렇다면 탈영을 하고 은전을 요구하는 것도 이해되는군. 돈이라면 군역이라도 대신 서는 것들 아닌가."

"맞습니다."

"적장의 이름과 병력 수부터 물어 보거라."

통역인이 물어보자 대립인들이 열심히 설명했다.

"조선군 장군은 북방에서 명성을 날리는 젊은 장수 '백강'이라고 하옵고, 부대는 '개마무사단'이라고 부른 답니다. 병력 수는 이들도 정확히는 모르지만 짐작컨대 삼, 사천 정도랍니다. 주군의 예측대로 세 부대로 나누어져 각기 싸웠다고 설명하고 있습니다."

"백강! 한자로 보니 이름이 특이하군. 시로이가와(白江, 백강의 이름을 하얀색 강이라고 착각을 한 것이다)라? 그리고 개마무사단?"

이때부터 '시로이가와'라고 불리는 백강의 명성이 일본에 퍼지는 계기가 되었다고 전해진다.

"부대의 위치는? 쉬고 있는 장소를 알고 있냐고 물어보라!"

"부대마다 각자 움직이기 때문에 다른 부대는 모르지만 자신이 속해 있던 부대의 집결지는 알고 있다고 합니다."

"됐어! 됐다고!"

"하지만 한 부대의 집결지밖에 모르는데 적을 능히 섬멸할 수 있겠습니까?"

"조선군은 고작 삼, 사천의 병력에 불과하니 한 부대만 섬멸해도 타격이 크다. 또, 새로운 포로를 잡아서 다른 부대의 정보를 얻을 수도 있고!"

기쁜 마음에 고니시가 가슴을 폈다.

"조선 포로들을 잘 먹이고 편히 쉬게 해라! 우리 군도 교대로 휴식을 취하도록 하고! 내일은 우리가 반격을 가할 차례다!"

싸움 전에 백강이 걱정했던 대로 대립인들의 탈영이 전투에 변수를 가져오고 있었다.

치명타

개마무사단은 세 부대에 불과한데 마지막에 고니시의 본
대를 막았던, 조령 계곡 끝자락에 매복해 있었던 승려들은
누구였을까?

그들은 서산대사의 제자인 승려 '영규'가 이끄는 오백의
승병들이었다.

"백 도령이 조령에 방어진을 차렸다고 들었네. 점을 쳐
보니 위급함이 나와 걱정이 되네. 그대가 가서 도울 수 있
겠나?"

"여부가 있겠습니까? 그렇지 않아도 왜군의 횡포를 듣
고 이가 갈리고 있었습니다."

백강은 자신의 방어 계획을 청천회 회원들과 의논을 하고 결정했다.

당연히 서산대사도 조령 방어선에 백강이 갈 것이라는 걸 알고 있었다.

도와주고 싶은 마음에 제자인 영규에게 지시를 내린 것이다.

승려 영규는 선장무예에 일가견이 있고 용맹한 성품이었다.

그는 명을 듣자마자 당장 오백의 승려를 이끌고 조령으로 달려갔고, 도착하자마자 고니시의 본대를 만난 것이다.

실제로 임란 때도 최초로 일어난 승병이 바로 영규 대사였고, 그 전과도 무척이나 컸다.

"왜군의 수가 많아 보이는데 어찌할까요?"

"수가 많아 보이지만 매우 피곤해 보이는구나. 분명 백 도령에게 시달렸거나 시달림을 당하는 중일 것이다. 비록 백 도령과 연락은 닿지 않았지만 급한 김에 이 장소를 사수하여 도움을 주도록 하자."

많은 외국 군대를 보고도 그렇게 용맹한 결정을 내린 영규 대사이다.

결론적으로 그의 과감한 결정으로 인해 만 명에 가까운 고니시 본대를 겨우 오백의 수로 퇴각시킬 수 있었다.

뿐만 아니라 조령을 방어하여 백강의 목숨을 구했을 뿐더러 조일 전쟁에 새로운 발판을 만들기까지 했다.

조령에 남은 조선군은 오백의 승병이 전부였다는 걸 고니시가 알았다면 땅을 치고 통곡하고도 남을 일이었다.

"거 참 이상하군요. 소리를 치고 화살을 몇 대 날렸을 뿐인데 대군이 저렇게 급히 도망치다니요?"

수하 승려가 영규에게 물었다.

"저들의 얼굴에 급한 기색과 피로함이 가득했다. 조령에 도착하여 백강 장군의 군대에게 계속해서 공격당해 이미 전의를 많이 상실해 보였느니라. 자라 보고 놀란 가슴, 솥 뚜껑보고 놀란다는 속담이 있듯이 적은 우리를 백강 장군의 후속부대로 판단하고 도망친 것이다."

"개마무사단이 적의 혼을 빼놓았군요."

"괜히 서산 대사님이 인정한 장수겠느냐? 분명 조령 전투에서 빛나는 승리를 거둘 것이야."

"그럼 이제 백 장군의 부대를 찾아 떠나오리까?"

"아니다. 이 깊은 산에서 찾기도 힘들거니와 괜히 표홀히 움직이는 개마무사단의 발목이나 잡지 않을까 우려된다. 차라리 계속 이곳에 머물면서 방어하도록 하자."

"알았습니다. 아미타불."

* * *

조령 전투가 시작된 이후로 백강은 제대로 잠을 자지 못했다.

왜군과 두 번째 격돌이 있은 후, 백강의 부대는 적의 추격부대를 따돌린 다음에 약간의 여유가 생겼다.

그 틈을 이용해 소나무에 기대 옅은 잠을 청하는 백강.

단전호흡이나 하고 일어나려 했는데 너무 피곤한 바람에 깊은 잠이 들었고 꿈을 꾸고 말았다.

'지금은?'

꿈이라는 걸 알고 있지만 깨어나지는 않는다.

주위를 둘러보니 이 장소는 4, 5년 전 난생처음으로 살인이라는 걸 했을 당시였다.

군관이 되어 여진족 병사와 막다른 길에서 마주쳤을 때였다.

시커먼 얼굴에 며칠은 굶은 것 같은 마른 몸.

추운 겨울에 털옷도 못 입고 얇은 옷에 녹슨 청동검 같은 걸 들고 있었다.

그의 허리에 두르고 있는 건 분명히 조선 마을에서 약탈한 곡식이었다.

'동정심을 버려라! 저자는 조선인을 해친 악당이다!'

알고 있지만 마음이 쇳덩이를 단 것처럼 무거웠다.

"당장 항복하라!"

백강이 소리를 질렀지만 조선말을 알아들을 리가 없다.

"우어어억~!"

약탈자가 괴상한 비명 같은 기합을 지르면서 달려들었다.

조선 시대로 오기 전에도 무예를 익혔다.

지리산에서도 무예와 도가를 공부한 백강은 한 칼에 약탈자를 벨 수 있었다.

그러나 필사적으로 달려드는 약탈자를 눈앞에 보고도 손가락 하나 까딱할 수 없었다.

"이… 이런!"

깜짝 놀라 검을 뽑았을 때는 이미 늦었다.

약탈자가 녹슨 검을 휘두르면서 품에 달려들어 버린 후였다.

백강도 어렸고 덩치가 작았기에 어우려져서 넘어지고 말았다.

'기세 때문에 움직이지 못했어!'

살아남고자 하는 한 인간의 집념이 얼마나 강한지 잊고 말았다.

수십 가지의 무예를 익힌 백강이 그 기세에 눌려 반응이 늦어버린 것이다.

"우악~~!"

둘이 서로 부둥켜안고 한참을 굴렀다. 칼 때문에 여기저기가 뜯겨나갔고 곧 서로의 주먹으로 때리고, 물어뜯고, 쥐어짰다.

"우웩~~ 우웍~~~!"

여진인의 해골 같은 몸, 어디에서 그런 힘이 나오는지 몰랐다.

무공의 고수인 백강이 꼼짝도 못하고 살아남기 위해 팔다리를 휘적거려야 했다.

백 가지 무공이 필요가 없었다.

'이러다 죽겠다!'

공포심이 뇌리를 때리자 더 아무 생각이 나지 않았다. 본능적으로 살기 위해 적병의 눈을 찌르고 꼬집고 머리카락을 움켜잡고 비틀었다.

상대가 허리춤에서 무언가를 꺼내드는 것이 보인다.

이런 경우에는 더욱 치명적인 무기, 단검이었다.

혈도 한 번을 찌르거나 급소만 한 번 스쳐도 죽을 수 있다.

공포심이 더 짙어졌다.

오른손으로 뭐가 있나 땅을 만져보니 단단한 것이 느껴져 바로 잡아 들었다.

"죽어! 죽으라고!"

손에 잡힌 건 주먹만 한 돌멩이였다.

그걸로 상대의 안면을 강하게 내리쳤다.

팍! 팍! 팍! 팍!

한 번, 두 번, 세 번, 네 번.

눈이 하얗게 돌아가서 필사적으로 내리쳤다.

피가 튀어 올랐고 뼈가 부러지는 소리가 났다.

"헉. 헉. 헉."

몇 번이나 내리쳤을까.

상대가 움직이지 않자 그제야 엉금엉금 다른 곳으로 기어가 헐떡였다.

피로 범벅이 된 자신의 손을 들어 올렸다.

날카로운 통증이 그제야 느껴진다.

아마도 너무 강하게 내리쳐서 손바닥 뼈에 미세한 골절이라도 생긴 모양이었다.

살아남았다는 안도감이 지나가자 창피함과 자괴감이 몰려들었다.

'이게 무슨 꼴인가? 장수가 되겠다고 큰소리를 쳐 놓고 이게 무슨 꼴이야? 죽음이 무서워 버벅대다니.'

자괴감이 지나간 뒤에는 가슴이 저리는 고통이 몰려왔다.

'사람을 죽이는 일이 그리 쉬워 보이십니까?'

그제야 서애 대감 댁에서 이순신 장군이 자신에게 했던 말이 생각난다.

그의 말대로 사람이 같은 사람을 해친다는 건 보통 일이 아니었다.

숭고한 사명감과 목적의식, 책임감이 없다면 미쳐버릴 지도 모를 일.

비록 그런 정신 개조가 있더라도 힘든 일이었다.

'군인이 되기 전에 수련을 먼저 하라는 충무공 어른의 말씀이 이제야 완벽하게 이해되는구나. 나의 의식이 강해지지 않고 살생을 했다가는 미쳐버리거나, 살인마가 되거나, 전쟁광이 되겠구나.'

첫 살인을 한 뒤에 그는 오랫동안 그 자리에 앉아서 일어나질 못했다.

자신이 배운 소중한 교훈을 되씹고, 되씹어 앞으로는 어떻게 해야 할지를 고민 하느라 시간이 가는 줄 몰랐다.

그 후로 백강은 전투 중에도 살생에 대해서는 조심을 했다.

굳이 적의 목숨을 빼앗아야 할 때는 빠르고 고통 없이 해치웠다.

웬만하면 부상을 입히고 포로로 잡는 길을 선택했다.

"대장님. 대장님."

수하가 조심스레 백강을 깨웠다.

자신들의 대장이 간만에 쉬고 있기에 앞에서는 발자국 소리도 내지 않게 조심했지만 지금은 중요한 때라서 어쩔 수 없었다.

"응?"

잠에서 깬 백강이 잠시 멍한 표정을 지었다.

"이런~ 내가 잠이 들었던가?"

"깨워서 죄송합니다. 척후병이 모두 돌아와서요."

"잘했네. 가서 보고를 받지."

상념에 젖었던 마음을 얼른 털어 버리고 자리에서 일어나는 백강.

"적의 동태는 어떤가?"

자신들을 쫓아왔던 왜군은 어찌 되었는지, 김덕령과 정문부의 부대는 어찌 되었는지, 고니시의 본대가 혹시 조령을 통과하지는 않았는지, 모든 걸 함축한 질문이었다.

"우리의 다른 부대가 어찌 되었는지는 모르겠습니다. 다만 왜군은 다시 조령 바깥으로 물러나 영채를 세웠습니다. 둘러보니 전군이 다 모여 있는 걸로 보였습니다."

"다행이군. 통과하지 못했어. 분명 사제들도 분투를 한 덕분일 거야."

서산대사의 명을 받은, 영규 대사의 승병들이 도움을 줬다는 건 아무리 백강이라도 꿈에도 몰랐다.

"왜군의 별동대가 산을 뒤지고 있을까요?"

"그러지 않을 거다. 지리에 어둡고 지쳤으니 영채로 퇴각했을 거야."

"그럼 다음은 어찌실 요량이십니까?"

"다시 일 관문으로 가서 방어한다."

싸움에는 이골이 난 개마무사단이지만 백강의 이 명령에는 인상을 썼다.

"화살과 총알도 떨어져가고 많이 지쳤습니다."

"힘들다는 거 알고 있다. 그러나 이틀만 더 버티면 우리의 승리야. 남아 있는 힘을 쥐어짜서 반드시 이겨야 한다."

백강이 일어서서 대원들을 둘러보았다.

"우리는 군인이다. 우는 소리는 나한테 하지 말고 마누라 앞에 가서나 해라. 누가 아냐? 마누라라면 위로해 줄지도 모르지?"

"대장님도 참~ 바가지나 안 긁히면 다행입니다."

"그러니까 살아나서 각자의 마누라한테 돌아가는 거다. 싸움터에서는 죽을힘을 다해 싸워 살아남는 거고. 알겠나?"

"넷!"

농이 섞인 대장의 발언에 대원들의 얼굴이 그나마 밝아졌다.

* * *

고니시 유키나가와 일본 일번대는 오랜만에 꿀맛 같은

잠을 자고 있었다.

비록 두 번째 조령 통과 작전은 실패로 끝이 났지만 조선군의 포로를 잡아와 적이 숨어 있는 위치를 알아냈기 때문이었다.

덕택에 다음 날 소탕 작전을 위해 휴식 명령이 떨어졌고 경계를 서는 병사들 외에는 취침을 했다.

변고가 일어난 건 새벽녘이었다.

화아아악~~~

"서둘러! 서둘러라! 물을 가지고 와! 번지지 않게 조심해라!"

단잠을 자고 있는 고니시가 시끄러운 소리 때문에 잠에서 깨고 말았다.

"밖에 무슨 일이냐?"

"주군! 불입니다! 영채에 불이 났습니다!"

"뭣이?"

갑주도 챙겨 입지 못하고 나와 보니 정말 영채 곳곳에 불길이 솟아오르고 있었다.

"군량과 화약 더미를 본격적으로 노렸습니다!"

"누가? 어떻게? 어떤 바보 같은 놈이 불을 함부로 놀려 영채에 불을……."

말하는 도중에 깨달은 사실 때문에 뒤통수가 서늘해졌다.

"군량과 화약을 노렸다면… 설마 조선군이! 그럴 리가 없다! 산속 깊이 쫓겨 들어간 조선군이 어떻게 여기까지 와서 불을 질렀단 말이냐?"

옆에 있던 승려 겐소가 자신의 무릎을 치면서 병졸을 닦달했다.

"조선군 포로들! 그들은 지금 어디에 있나?"

"저쪽 막사에 있습니다! 경계를 세워 놓았으니…….''

"당장 가서 확인해 보거라!"

참모들과 다이묘들이 병사들과 함께 우르르 몰려갔다.

"이런! 이놈들이 감히!"

조선군의 경계를 서던 병사들 다섯 명은 구석에 차디찬 주검이 되어 누워 있고 천막이 찢어져 있었다.

군복이 벗겨진 모양새가 위장하기 위해 그들을 해치고 옷을 갈아입은 걸로 보였다.

탈영한 걸로 보였던 조선 대립인들은 고니시군 영채에 불을 지르기 위해 숨어든 별동대였던 것이다.

"당장 수색해! 놈들을 잡아!"

"먼저 불을 끄는 것이 급합니다."

"당장 쫓아가서 놈들을…….''

얼굴에 뜨거운 기운이 확 밀려오자 고니시가 명령을 중지했다.

"제길! 조선 놈들에게 이렇게 당하다니!"

허탈한 마음에 고니시가 털썩 주저앉고 말았다.

한두 번 당한 것도 아니고 이게 몇 번째란 말인가?

"장인어른. 그렇다면 그들이 준 부대의 위치 정보도?"

"거짓일 가능성이 크다."

"장수 이름과 병력수도 전부 거짓일까요?"

"아니. 완전한 거짓이면 사항계(詐降計, 거짓으로 항복하는 수법)가 통하지 않아. 그 정도는 사실일 테지."

병법에 나온 계책이라면 히데요시에게 가르침을 받은 고니시도 일가견이 있었다.

그런데 선비의 나라 조선에 와서, 제일 더러운 수법 중에 하나인 사항계에 당할 줄이야.

"이제 어찌할까요?"

불같이 끓어오르던 화가 가라앉으니 다시 머리가 돌아간다.

"먼저 영채의 불부터 꺼라. 조선 놈들은 이미 달아났을 거다. 치밀하게 준비했으니 불길이 타올랐을 땐 벌써 산에 올랐을 터."

허탈한 음성으로 영채를 바라보는 고니시.

* * *

대립인들을 투항한 것으로 위장해 왜군의 영채에 불을

지르는 작전을 구상한 것은 개마무사단의 꾀돌이, 정문부였다.

자신들의 부대마저 능선에서 물러나자 조령을 통과했을 거라고 예상되는 고니시 본대의 다리를 잡기 위해 필사적으로 생각해낸 계책이었다.

"너희들이 목숨을 걸고 방화에 성공하면 너희를 정식 군관으로 삼아 주마. 언제까지 대립인으로 생활할 셈이냐?"

남의 군역을 대신하는 그들로서는 국가 관리인 군관이 된다는 건 꿈과 같은 일이었다.

"어째서 우리를 고르셨습니까?"

"진짜 대립인이 가야 한다. 그래야 왜군도 투항을 믿을 것이야."

반 푼의 진실을 섞어야 사항계가 성공한다는 건 병법에 밝은 정문부도 잘 알고 있었다.

"피곤에 지친 데다가 포로를 얻었다고 좋아하여 경비가 허술할 거다. 그 틈을 이용해 불을 지르고 산으로 퇴각하면 되는 일이야. 어쩌겠느냐? 목숨을 걸어 보겠느냐?"

"걸어 보겠습니다. 군관 나리는 약속을 지키셔야 합니다."

"반드시 약속을 지키겠다. 나라에서 지키지 못하면 개마무사단에 가입시켜서라도 약속은 지킨다. 우리의 급료가 든든하다는 건 들어서 알고 있지?"

대립인들 중에 똑똑하고 날렵한 여덟 명이 자원을 했다.

그들은 투항해서 왜군 영채에 들어서는 순간부터 군량과 화약이 실린 막사를 유심히 살폈다.

그리고 밤이 깊어지자 은밀히 일어나서 경비병을 쓰러트린 다음에 옷을 갈아입었다.

투항 시 몸수색에 걸리지 않게 항문 등에 숨겨 두었던 화약과 부싯돌(백강이 만든)을 이용해 불을 붙이고 신속하게 조령으로 퇴각을 했다.

"정말 수고 많았다."

"식은 죽 먹기였습니다."

처음엔 겁먹은 듯 연기를 하고 침착하게 적장을 살폈다.

또, 왜병들을 손쉽게 해치우고 재빠르게 퇴각했다.

이는 보통 내기들이 아니고 실전경험이 많은, 노련한 이들이 실행했다는 반증이었다.

* * *

일본군 영채에는 불을 끄는 병사들외에는 침묵이 가라앉아 있었다.

수하 장수들과 참모들이 연기 때문에 까맣게 변한 고니시의 얼굴을 쳐다보고 있었다. 그들이 하고 싶은 말은 누구나 똑같았다.

"불을 끈 다음엔 진을 뒤로 물린다. 다시 관아로 들어가 재정비를 한다."

반격을 가할 수 있다는 고니시의 한 줄기 희망마저 한줌의 재로 변해 버리게 만든 불길이었다.

탄금대 전투

"고니시 녀석이 아직도 조령을 통과하지 못했다는 거냐?"

통쾌해서 그런지 가토 기요마사의 목소리가 오늘따라 더 컸다.

"그렇습니다. 조령을 방어하는 조선군의 절묘한 전략 때문에 무수한 피해만 입었다고 합니다!"

"그것참 듣던 중 고소한 소리로다! 핫핫핫!"

진짜로 배를 움켜잡고 웃음을 터트렸다.

현재 가토 기요마사의 본영은 고니시 군과 고작 몇 리 떨어진 곳에 진을 치고 있었다.

그동안 그의 이번대는 동래, 언양, 경주, 연천을 거쳐 쾌속 진군을 해 왔다.

가끔 저항을 하는 조선군이 있었으나 마구 베어 버렸다.

경주에서는 천팔 명을 학살하여 수급을 본국으로 보내는 전공까지 세웠다.

이제 한양 입성과 조선왕까지 잡는 전공까지 세운다면 가토의 입지는 더욱 욱일승천(旭日昇天, 해가 떠오르는 기세)할 것이다.

"고니시 군은 조령에 발이 묶여 있고, 구로다 군은 추풍령에서 고전하고 있으니 선봉의 영광은 주군이 차지하실 공산이 커졌습니다. 당장 죽령을 넘어 한양으로 진격하시죠! 조선 상감은 주군께서 잡으셔야 하옵니다."

"그건 그렇지가 않다."

"예?"

가토 기요마사는 고니시보다 용맹하여 간혹 멍청한 돌격형 장수라고 착각할 때가 많다. 하지만 그의 전술적 감각은 고니시보다 뛰어나면 뛰어났지, 모자라지 않았다.

"죽령으로 가면 돌아가는 길이 된다. 어쩌면 고니시보다도 늦어질 수 있단 말이다."

"그렇다면 이대로 기다리실 작정이십니까?"

"그럴 수는 없지."

가토가 자리에서 일어났다.

"나는 멍청한 고니시와는 다르다. 어째서 힘든 길을 계속 고집하느냔 말이다. 다른 길을 찾아서 가면 될 것 아니냐?"

"다른 길이요? 알려진 길로는 추풍령, 조령, 죽령만이 있습니다만……."

"세상의 길이 어찌 그것뿐이 없겠느냐? 당장 조령 인근 마을의 조선 양민들을 잡아들여라. 많으면 많을수록 좋다."

"하잇!"

명을 받은 일본군은 인근 마을의 양민들 수백 명을 잡아 와서 가토의 앞에 무릎 꿇렸다.

"조령의 길 말고 충주로 들어가는 다른 길을 말하라."

통역을 통해 이렇게 명했지만 양민들은 모두 고개를 갸웃댔다.

"다른 길은 없습니다요. 얼마나 험한 곳인데요. 여기 사는 우리도 십여 명이 모여야지 건널 수 있는 고개입니다요."

"그러냐?"

웃으면서 대답한 가토.

그가 의자에서 일어나 노인 한 명을 잡아 일으켰다.

"탓!"

"욱~!"

칼을 뽑아 그대로 베어 버렸다.

어깨에서부터 아랫배까지 대각선으로 잘려서 자리에서 쓰러져 버리는 조선 노인.

역한 피 냄새가 확 하고 올라왔다.

"아이고~~!"

가족들 몇 명이 노인을 잡고 통곡을 터트렸고 나머지는 무서워 벌벌 떨었다.

"처음에는 노인으로 시작하지. 그 다음엔 두 명이다. 다음엔 세 명. 너희들을 다 죽여도 상관없다. 다른 마을 놈들을 또 잡아와 이 짓을 반복할 거다. 어쩌겠느냐? 이래로 다른 길이 생각이 안 나더냐?"

피가 뚝뚝 떨어지는 일본도를 들고 그렇게 고함을 치니 가토가 마치 지옥에서 올라온 야차 같았다.

"안 되겠구나. 이번에는 여자와 어린애로 두 명 더 죽여라!"

울부짖는 아낙네와 열 살 정도의 남자애의 머리채를 잡고 끌고 나오는 일본군들.

"제가 압니다! 제가 길을 압니다!"

결국, 심마니처럼 보이는 사내가 무릎을 꿇고 아뢰었다.

"진작 말할 것이지. 그래. 새로운 길은 어디더냐?"

"이화령 근처에 산사람들만 다니는 산길이 있습니다. 하지만 길이라기도 뭐 할 정도로 험하고 가파릅니다. 겨우

한 사람이 지나갈까 말까 하옵니다. 대군은 지나갈 수 없사옵니다!"

"나, 가토의 군대는 못 가는 곳이 없다! 좋아! 당장 그길로 안내를 하라!"

"그렇다면 다른 이들은 풀어주소서."

"천만에! 네가 잘 안내를 하면 풀어 줄 것이고 아니면 모조리 베어 버리겠다. 네놈은 딴 생각 말고 열심히 안내만 하거라!"

잔인했지만 효과적인 방법으로 새로운 통로를 알아낸 가토 기요마사.

"드디어 고니시를 제끼는구나! 이번 전쟁의 일등 공신은 바로 나, 가토 기요마사다! 태합 전하께서 명나라 20개주를 나에게 내려 주실 것이야! 핫핫핫~!"

일본 이번대는 조선 안내인들을 앞장세워 깊은 숲 속으로 들어가기 시작했다.

* * *

그 시각, 재정비를 하고 있던 고니시에게 가토 군의 향방이 들어왔다.

"가토가 조선인 안내인들을 앞장세워 샛길을 알아냈다는군. 지금 전군을 이끌고 전진하는 중이라고 한다."

소 요시토시가 고니시의 말을 듣고 놀랐다.

"아니! 장인어른! 그럼 가토가 우리를 앞장서게 되는…
가만… 장인어른! 어떻게 가토 군의 상황을 이렇게 빨리
아셨습니까?"

"가토는 나의 부대에 여섯의 세작을 심어 놨지. 하지만
나는 놈의 부대에 열셋의 세작을 심어 놨다."

"네?"

"다시 행군 준비를 하라. 이제 조령에 목메지 말고 가토
군이 지나간 길을 따라가도록 하자. 나의 세작들이 흔적을
남겨 놓았을 테니."

그의 말은 조령에 진을 치고 있는 백강의 조선군과는 더
이상 싸우지 않겠다는 포기 선언이었다.

"그렇다 쳐도 우리가 가토 군의 뒤를 따라가면 선봉을 빼
앗기는 것 아니겠습니까?"

"그렇지가 않아."

"하지만 장인어른……."

"충주에 먼저 도착해도 가토의 뜻대로 되지는 않을 것이
다. 훗훗."

의미심장한 미소를 짓는 고니시였다.

가토 기요마사와 고니시 유키나가는 전국시대 일본을 대
표하는 최고 무장들은 아니다.

현재 지배자인 히데요시의 가신들 출신으로 다이묘가 된

지 오래되지 않았고 당연히 큰 전공을 세울 기회는 지금이 처음이었다.

그러나 두 장수의 능력은 최고 무장들에게도 떨어지지 않을 정도로 매우 뛰어난 자들이었다.

오죽하면 전쟁의 천재라고 불리는 히데요시가 특별히 두 사람을 골라 선봉을 맡겼겠는가.

그런 의미에서 뛰어난 두 장수가 불화하여 합심하지 않는 건 조선으로써는 정말 천운이었다.

지금과 같은 고전할 때도 두 선봉대가 힘을 합친다면 백강의 부대가 전멸당하는 건 시간문제였다.

앙숙인 둘을 선봉을 삼아 경쟁을 시키려는 의도였지만 이 전략은 실패였다.

가토와 고니시는 조선군보다도 상대에게 더 피해를 끼치는 결과를 가져왔으니 말이다.

* * *

조령 넘어 충주성에는 신립이 이끄는 조선본대가 주둔해 있었다.

백강의 부대가 조령을 방어하는 동안 입성을 하였으며 어느새 닷새가 지나갔다.

그동안 성벽을 보강하고, 무기를 모으고, 훈련을 하면서 시간을 보냈다.

 종사관 김여물이 충주군을 살펴 보니 백강의 당부가 틀린 것이 없었다.

 "이대로 일본군과 싸웠다면 전멸당할 뻔했다. 완전 오합지졸들이 아닌가?"

 충청도에서 모은 병사와 신립이 모아온 조선군은 역관, 유생, 한량을 모아온 것으로 초짜 군졸들이었다.

 궁궐 수비군과 신립이 직접 교육시킨 친위 기마병을 제외하고는 농민이나 마찬가지여서 전투 경험은커녕 기본 훈련도 제대로 되어 있지 않았다.

 만약 신립의 말대로 곧바로 대규모 회전을 벌였다가는 적의 모습만 봐도 도망쳐 버리고 말았을 터였다.

 "백강이 목숨을 걸고 벌어준 천금과 같은 시간이다. 결코 헛되이 보내서는 안 된다!"

 그동안 장창부대와 궁수대만이라도 최선을 다해 훈련시키는 김여물이었다.

 짧은 시간에 훈련이 가능했고, 공성에 제일 걸맞은 병과였기 때문이다.

 그렇게 엿새째 되는 날 아침, 정탐을 나갔던 이일이 허겁지겁 입성했다.

 "도순변사 어른! 도순변사 어른! 왜적입니다! 왜적이 코앞까지 왔습니다!"

"뭣이! 결국 백강이 일번대를 저지하는데 실패를 했단 말이냐?"

전투 계획을 짜던 신립도 크게 놀랐다.

군령을 운운했지만 개마무사단과 백강이 잘 막아줄 거라 믿고 있었기 때문이다.

"그것이 백강과 싸우고 있는 소서행장(고니시 유키나가) 의 왜적이 아니라 가등청정(가토 기요마사)의 깃발을 달 고 있습니다."

"그럴 리가? 가등청정은 소서행장의 뒤를 따라 온다 하 지 않았느냐?"

"조령의 출구에서 나온 것이 아니라 산에서 소규모 부대 가 내려오고 있습니다. 아무래도 샛길을 발견해 이동했던 모양입니다."

"음… 따라오라!"

잠시 고민을 하던 신립은 자신의 친위 기병 몇 기를 이끌 고 직접 정찰을 나갔다.

이일의 말대로 소규모 왜군이 달천 바로 뒤와 대림산 우 측의 소로에 나누어져 모여 있었다.

깃발의 모양으로 봐도 가등청정의 군이 맞았지만 군사가 무척 지쳐 보였다.

이천에서 삼천으로 그 수가 많지 않았다.

"어찌 된 일인가? 저들이 저렇게 오합지졸처럼 진영을

짜다니."

지금까지 알려진 바로는 왜군은 잘 훈련된 정예였다. 그런데 신립의 눈앞에 있는 왜적들은 피곤한 기색이 역력하고 무질서하게 머물면서 쉬고 있었다.

"아마도 힘든 산길을 타고 온 듯싶습니다."

충주 목사 이종장이 의견을 제시했다.

"조령 말고 통과하는 길이 또 있었단 말인가?"

"짐승이나 다니는 길이었을 텐데 무리하게 넘어온 듯하군요. 아마도 백강 장군이 필사적으로 방어를 하니 다른 길을 찾았나 봅니다."

"이거야말로 천재일우(千載一遇, 천년에 한 번 만나는 귀중한 기회라는 뜻)로다!"

말머리를 치면서 좋아한 신립이 충주성으로 돌아와 장수들을 집합시켰다.

"원수 가등청정의 왜적이 산을 넘어왔다. 내가 직접 일군을 이끌고 가 분멸시키겠노라!"

호기롭게 외쳤지만 수하 장수들의 반응은 신통치 않았다.

종사관 김여물이 먼저 반대의견을 냈다.

"도순변사 영감. 충주성에서 병졸 훈련을 시켜보니 백강 장군의 말이 맞았습니다. 우리 병사들은 싸울 준비가 되어 있지 않습니다. 북방에서 온 군졸을 제외하고는 활조차 제대로 잡을지 모르옵니다."

"왜적은 지쳐있고 소규모이다. 한 번만 들이치면 저절로 무너질 것이니 큰 싸움이 필요치 않단 말이다! 우리 기병의 말발굽으로 짓눌러 버리겠다!"

신립의 호언장담을 듣고 이번에는 이일이 모기 목소리로 반박한다.

"도순변사 어른. 새벽에 비가 왔습니다요. 땅이 질퍽거리는데다가 논도 많더라고요. 기마운용하기에는 지형이 별로 안 좋습니다."

이일도 북방에서는 이름 꽤나 날렸고 당연히 궁기병에 대해서는 잘 알고 있었다.

그의 지적도 일가견이 있었지만 신립은 눈에 뭐가 씌었는지 단박에 핀잔을 주었다.

"닥쳐라! 이보다 더한 지형에서도 적을 박살 낸 나다! 니탕개의 사만 대군이 내 기병대에게 쫓겨 달아났던 사실을 벌써 잊었느냐?"

그래도 여러 장수들이 반대하자 신립이 장검을 꺼내어 들고 위협하였다.

"지금부터 군기를 어지럽히는 자는 상감마마가 주신 상방검으로 참수해 버리겠다!"

서슬 파란 외침에 마침내 수하들이 전부 입을 다물었다.

조령으로 떠나기 전, 백강이 한 당부만 없었더라면 김여물도 신립의 옆에서 말을 달렸을 터였다.

"종사관 어른은 순변사 어른을, 사지로 따라가시면 안 됩니다! 충주성에 사활을 거십시오!"

그의 당부가 아직도 귓가에 맴돌고 있다.

본격적인 출진을 하려는 중, 김여물이 얼른 나서서 신립 앞에 무릎을 꿇었다.

"도순변사 대감!"

"이것이 무슨 짓이냐! 정녕 내 검에 죽고 싶은 것이냐?"

"죽을 때 죽더라도 장수의 본분은 다해야겠습니다! 만번이 찢겨 죽는다 하더라도 어찌 두려워 나서지 않겠습니까?"

"무슨 말을 하고 싶은 것이냐? 아직도 출전하지 말라는 소리를 하려는 게냐?"

"도순변사 어른. 출전을 만류하는 것이 아닙니다. 다만 요충지인 충주성을 버려두어서는 아니 된다는 충언을 드리는 것이옵니다. 이에 대한 대비를 하고 출전하셔도 늦지 않을 것이옵니다."

"누가 버려둔다는 건가? 화살처럼 빠르게 적을 분멸하고 돌아올 것이야!"

"포로 심문 결과에 왜군은 십팔만의 대군이옵고, 어디에서 튀어 나올지 알 수 없습니다. 아무리 잠깐이라고 하오나 근거지인 충주성을 도순변사 어른이 비워 두신다면 어버이를 잃은 아이처럼, 군병이 의지할 곳을 잃어 작은 적에게도 쉽게 무너질까 두렵사옵니다!"

맞는 말이라 신립이 망설이면서 궁리를 했다.

'가등청정의 군은 둘로 나뉘어져 있었고 병력도 작았다. 훈련도 제대로 안 된 군병까지 괜히 끌고 가 봐야 군의 진퇴만 어지러울 터. 차라리 나의 철기대만 출격하는 것이 더 효과적일 수 있다.'

"그대의 걱정을 잘 알겠네. 김여물! 그대가 남아서 충주성을 지키게. 내가 기병과 궁수대만 이끌고 적을 분멸하고 돌아오겠네."

"소장 김여물! 목숨을 바쳐 충주성을 사수하겠나이다!"

"이일, 이종장, 신흠, 고언백, 박안민, 변기는 나를 따르라. 이운룡, 그대는 장을 맞은 자리가 낫지 않았으니 남아서 종사관을 보좌하게!"

젊은 군관 이운룡은 백강이 오기 전, 당차게도 조령 방어를 주장하다가 노한 신립에게 장을 맞은 적이 있었다.

피가 마르기도 전에 군무에 복귀했지만 정상적인 몸 상태는 아니었다.

"명 받들겠습니다!"

"자! 가자!"

드디어, 기병 이천에 궁궐 수비군 이천, 합이 사천의 군사를 거느리고 신립이 출전하였다.

아직도 충주성에는 만 명의 군사가 넘게 남아 있었으나 데리고 간 병사들은 조선의 최정예군이었으니 실질적인 주력군이었다.

* * *

그 시간, 가토의 이 번대는 험한 산맥을 넘느라 고생하고 있었다.

처음에는 조선 안내인을 따라 질서 있게 진입하였으나 시간이 지나니 대열이 유지되지를 않았다.

가파른 절벽에 햇빛조차 들지 않는 우거진 숲.

게다가 사람 한 명 지나갈 수 있을 만한 오솔길이었고, 그나마 길이 없는 곳도 많았다.

"조선인 안내자가 어디로 사라졌나?"

"아까부터 보이지 않습니다!"

"본대도 어디 있는지 보이지 않는다. 이런 제길!"

부대들이 소규모로 나누어져 낙오가 번번이 일어났다.

가토 기요마사 자신도 숲에서 길을 잃어 절벽을 기어오르고, 나무에 매달려 죽을 고생을 하고 있었다.

신립이 정탐했을 때는 이천에 가까운 병력만 하산하였

다.

그것도 달천을 경계로 나누어져 한 군데에 모이지 못하고 있었다.

"방금 조선 기마병 몇 기가 우리를 정탐하고 갔습니다."

전란으로 단련된 왜군은 자신들의 위기를 금방 깨달았다.

산행으로 인해 지친 상태에다가 부대조차 나누어져 있으니 지금 조선군에게 공격을 받는다면 죽을 수밖에 없다는 사실을 말이다.

"일단 모여야겠다!"

수뇌급의 장수가 없는데도 중급 지휘관들과 병졸들이 알아서 움직였다.

뗏목을 만들어 달천을 건넌 다음에 샛길을 통해 내려온 부대와 합류하는 데 성공했다.

"우리가 이용한 뗏목을 앞에 세워라. 급한 김에 방어벽으로 삼아야겠다."

"주위에 쓸 만한 돌멩이가 많습니다. 투석으로 활용해도 될 만 합니다."

철포병과 궁수병도 별로 없는 가운데 조선군을 맞이할 준비를 했다.

시간이 걸리지만 본대가 내려 올 때까지만 버티면 될 듯 싶었다.

충주성을 나온 신립과 조선군이 단월 앞까지 진격했을 때는 왜군이 이렇게 대비하고 있을 때였다.

"왜적의 수가 늘었고 부대가 합쳤습니다. 방어진지까지 만들고 있지 않습니까?"

이일이 지적했지만 신립은 호탕하게 웃어 제꼈다.

"그래봐야 우리의 절반도 되지 않는 수이다. 게다가 저들이 자랑하는 조총도 몇 자루 보이지 않는구나. 단숨에 짓밟아 버리기에 적당한 수이다! 언월진(偃月陣, 초승달 형태의 진형)으로 왜적을 친다!"

조선 기병 중, 철기 팔백은 신립이 직접 훈련시켰고 그와 사선을 넘나들며 싸워온 심복들이었다.

그들이 중간에 서서 기병들을 이끌었고 나머지가 그 뒤를 따랐다.

보병들은 기병의 뒤를 따라 천천히 적진으로 다가갔다.

"공격!"

뒤에서 지시를 내리는 것이 아니라 가장 선두에 나선 신립이 명령을 내리고 직접 활을 당겼다.

방패 사이로 고개를 내밀었던 일본 장수 한 명의 머리를 정확히 맞혀 쓰러트렸다.

말 위에서 재빠르게 쏘았는데도 불구하고 명중이니 그 실력이 정말 놀라웠다.

수장이 나서서 직접 적을 쓰러트리자 조선군의 사기가

크게 올랐다.

"와~! 와~!"

"왜놈들 별거 아니다! 전부 물리쳐 버리자!"

기병들이 전부 달려들면서 궁시(弓矢) 공격을 개시했다. 위력이 상당해 일본군들이 계속 쓰러졌다.

"계속 쏘아라!"

신속하게 움직이는 건 역시 기병을 쫓아올 수 없었다.

진흙을 튀기며 조선 기마병이 진퇴를 반복, 활을 쏘아대니 중장거리 병기가 없는 일본군은 속수무책으로 당할 수밖에 없었다.

기껏해야 돌멩이들을 던지면서 저항했는데 발달된 조선의 활에 비하면 형편없는 수준이었다.

"이럴 바에는 앞으로 가자!"

십 수 명의 왜군이 숨어 있는 곳에서 나와 창을 들고 기마병들을 쫓아왔다.

그렇지만 보병이 궁기병에게 달려드는 건 자살행위였다.

곧 쏟아지는 화살비를 맞아 고슴도치처럼 변해 진흙탕에 쓰러졌다.

"좋아! 금방 전멸시킬 수 있겠어!"

지휘를 하는 신립이 아군의 활약에 크게 고무되어 소리를 쳤다.

전투에 가장 부정적인 입장이었던 이일마저 이길 수 있겠다고 판단할 정도였다.

하지만 조선의 기병은 대부분이 궁기병이었다.

활을 쏘면서 일본군에 큰 피해를 입혔지만 돌격을 해서 전투를 끝낼 수가 없었다.

보병도 사정은 같아서 용맹하게 돌격하는 군인은 한 명도 없고 멀리서 활만 쏘고 있었다.

화살이 이리저리 날아다니면서 아까운 시간만 흐르고 있었다.

여전히 유리하게 전투가 진행되었지만 흐르는 시간은 전황에 변화를 준다.

산에서 속속들이 새로운 왜군들이 합류하기 시작한 것이다.

탕! 탕! 탕!

나무 보호대 뒤에서 간간히 터져 나오는 하얀 화약 연기.

가까이 접근했던 조선 기마병이 하나둘씩 피해를 입고 쓰러지는 일이 발생했다.

"왜적에게 조총수들이 가세했습니다. 잠시 진을 물리시죠!"

"무슨 소리를 하는 것이냐? 승전이 바로 눈앞이다! 더욱 강하게 밀어 붙여!"

조방장 변기가 그렇게 권했지만 신립을 말을 듣지 않고

계속 공격을 명하였다.

결국 산에서 대규모 조총병들이 내려와 일제히 발포를 하게 된다.

탕! 탕! 탕! 탕!

천지를 울리는 굉음과 함께 조선 기마병들이 우수수 넘어졌다.

조총수들이 장애물 뒤에 숨은 채, 모여서 발포하니 기마병이 당해낼 수가 없었다.

"뭣들 하느냐? 철기병을 지원하라!"

마음이 급해진 신립이 보병들에게 명을 내렸지만, 그들 역시 가까이 가지 않고 활만 당기긴 매한가지였다.

흑각궁처럼 좋은 활은 사정거리가 좋지만 일반 목궁은 조총에 미치지 못했다.

활을 쏘려고 나가다 쓰러지는 궁수들이 늘었다.

또한 난생처음 보는 조총의 위력에 크게 놀라 이미 마음은 전장을 떠나 있었다.

조선군의 기세가 꺾이자 일본군의 사기가 살아나기 시작했다.

쳐져 있던 깃발이 하나둘씩 올라가고 진형을 조금씩 앞으로 전진해 왔다.

"이… 이놈들이!"

화가 난 신립이 기마병들을 약간 뒤로 물리려고 했다.

그런데 새벽에 내린 비로 인해 땅이 진흙으로 변해 있었고 논이 있어 말이 자유롭게 움직이질 못했다.

그 틈에 일본군의 사격을 해 왔고 아까운 기마병들은 자꾸 쓰러져만 갔다.

"내가 왔노라! 허약해 빠진 조선 놈들을 밀어 버려라!"

결국 전황이 완전히 뒤집히는 사태가 벌어진다.

험한 산길에서 적의 수장인 가토 기요마사가 드디어 하산을 하여 진형에 합류한 것이다.

그가 편겸창(창날에 돌기가 나와 있는 모양. 가토 기요마사의 주무기였다)을 들고 사기를 돋우자 왜군의 기세가 폭발하는 것처럼 일어났다.

직접 창을 들고 돌진을 하자 수하들이 그에게 뒤질세라 맹렬하게 돌격을 시작했다.

"아이구~~! 이게 무슨 일이냐?"

"살려 주세요!"

조선 보병들은 이런 류의 육박전을 경험해 보질 못했다.

활만 쏘고 있다가 적이 죽음을 두려워하지 않고 돌진해 오자 당황해했다.

이십 보 안으로 적군이 달려오자 활을 버리고 도망가면서 진영이 일제히 무너져 버렸다.

전쟁터에 나와 있는 병사들이 싸워보지도 않고 도망을 치다니.

한심한 상황이 아닐 수 없었다.

"물러나지 마라! 우리가 뒤에 있다! 물러나지 마라!"

신립이 목이 터져라 외쳤지만 조선군 진형은 걷잡을 수 없이 무너지고 있었다.

병사들이 무기를 버리고 머리를 감싸며 도망치다가 학살당했고, 어떤 이들은 달천의 강으로 뛰어들어 익사했다.

마치 늑대에게 쫓기는 양떼처럼 무력하게 무너지고 있었다.

"우리가 가자!"

무너지는 보병을 지키기 위해 결국 기병이 다시 앞으로 나갔다.

조총의 일제 사격에 쓰러져 갔지만 용맹하게 나서서 3~4차례 돌격을 더 했다.

앞으로 나갈 때마다 신립의 옆에 있는 기병의 수는 줄어만 갔고 아끼던 수하들이 하나씩 사라지고 있었다.

남산 바로 앞에서 벌어지던 전투는 조선군이 달천평야, 단월까지 밀려나더니 결국 충주천 앞까지 대열이 물러났다.

이제 충주성 위에도 조선군의 절박한 상황이 한눈에 보였다.

"성문을 열고 나가 도순변사 대감을 도와야 하지 않겠습니까?"

이운룡이 물었지만 김여물이 굳은 표정으로 고개를 가로저었다.

"지금 성문을 열었다간 충주성을 잃게 될 것이다. 조선군의 퇴로가 막힌 것이 보이지도 않느냐? 왜적이 일군을 내세워 오른편을 에워싸고 있으니 성으로 돌아가지 못하게 하려는 것이다. 설령 아군이 돌파에 성공한다 해도 왜적도 함께 몰려오게 될 터! 벌써 일부의 왜적이 우리를 노리려 하고 있지 않느냐?"

"하지만……."

"진중하기를 태산같이 하라! 충주성은 우리의 생명줄이다!"

김여물의 예상대로 따로 왜병 수백 명이 충주성을 향해 몰려와 밧줄을 걸고 총을 쏘며 공략을 시도했다.

만약에 장수들이 모두 출성한 상태였다면 군병이 만 명이 넘는다 해도 허둥대면서 무너졌겠지만 김여물, 이운룡이 침착하게 지휘를 했고, 때문에 쉽게 격퇴할 수 있었다.

"우리는 위급을 벗어났습니다. 하지만……."

그러는 동안 신립의 조선군은 탄금대 앞에까지 밀려가고 말았다.

이제는 더 이상 물러 날 수도 없는 배수진(背水陣, 강이나 바다를 등지고 치는 진)이었다.

살아남은 조선군은 처음 출격했을 때의 절반도 되지 않

았다.

조선 지휘관들이 강을 등 뒤에 뒤고 적군을 노려보면서 지친 숨을 쉬었다.

암울한 전세를 뜻하는 것처럼 밤에 내렸던 비 때문에 세찬 강물이 흙과 함께 어울려져 있었다.

"도순변사 대감! 죽기를 각오하고 충주성으로 돌파하십시다! 도순변사 대감은 살아야 할 것 아닙니까?"

원망이라도 하는 것처럼 종사관 박안민이 울부짖었다. 그러나 신립의 표정은 의외로 차분했다.

"백강과 김여물의 말이 옳았네. 나는 충주성을 굳게 지켰어야 했어."

"도순변사 대감!"

"신중하지 못하고 가벼이 움직이다가 대가를 치르는구만 그래. 마지막으로 저 가등청정의 목을 베고 함께 죽을 수 있다면 좋으련만……."

"그러지 말고 퇴각을……."

"주상 전하께서 상방검까지 내려 주시고 자문감(紫門監, 조선 초기 무기를 보관하던 곳)까지 활짝 열어 주셨는데 기대를 져버렸으니… 수족과 같은 수하들을 잃고 조선 최고 철기병들을 모조리 잃었으니 내 어찌 살아날 생각을 하겠는가?"

"도순변사 대감……."

"자! 다시 돌격을 해야겠네! 왜적에게 최대한 피해를 주어 충주성을 공략하지 못하게 만드는 것이 지금으로써는 최선이야! 간닷~!"

섣부른 판단으로 패전을 눈앞에 두었지만 신립은 조선의 맹장 중에 맹장이었다.

그가 돌격하여 일생의 마지막 용맹을 발휘하니 단병접전에 능한 일본군도 그를 당해 낼 수 없어 추풍낙엽처럼 쓰러져 나갔다.

말을 타고 넓게 원을 그리며 닥치는 대로 왜군을 베고 죽여 온몸이 피로 물들었다.

그러나 혼자서 전세를 바꾸기에는 너무 늦어 있었다.

어디선가 날아온 총알 때문에 말과 함께 쓰러진 그는 탄금대 끝까지 밀려갔고 최후를 맞이하였다.

"네놈들에게 내 시체를 넘겨 줄 것 같으냐!"

왜군들에게 포위된 신립은 자신의 외조카와 함께 강에 투신하여 자살하였다.

그의 죽음과 함께 '탄금대 전투'가 마무리되었다.

* * *

초반에는 조선군이 승기를 잡고 잘 싸웠으나 궁기병과 궁수 위주의 병종이 발목을 잡았다.

일본군에게 하산하는 부대와 합류할 시간을 벌어준 것이 패착이었다.

이후 지형지물의 불리함으로 기병의 발이 묶이고, 나약한 병졸들이 삽시간에 무너짐으로 전세가 급격히 기울었다.

조총의 일제 사격과 함께 시작된 왜군의 반격에 속절없이 무너진 전투였다.

충주성에서 출진했던 조선군 사천은 전멸당했다.

총 지휘자였던 신립을 비롯하여 충주목사 이종장, 그의 아들 이희립이 끝까지 분투하다 전사했다.

조방장 변기, 종사관 박안민 등도 투항을 거부하고 싸우다 전사했다.

그러나 모두 전사한 것은 아니었다.

이일은 동북면 산악지대로 달아나 살아난 기병 몇 기와 함께 한양으로 가서 패전소식을 전한다.

고언백은 탄금대가 아닌 다른 지역에서 전투를 벌이다가 패주하고 퇴각한다.

"정말 끈질긴 것들이었다."

조선군은 패했지만 가토 기요마사의 이번대도 무사하지는 못했다.

초반에 병력이 집중되지 못했을 때 피해가 컸다.

이후에 달천평야에서 기병과 벌인 수차례의 접전에서도

많은 병사들이 상하고 다쳐 오천이 넘는 사상자가 발생했다.

사상자도 많았지만 장수부터 일반 병졸들의 피로도도 극심하여 가토 군은 충주성을 바로 공략하지 못하고 달천방향으로 퇴각하여 영채를 꾸려 휴식을 취하게 된다.

"봉화를 올리도록 하게. 백강 장군과 그의 부대가 필요하게 되었어."

충주성에서는 허탈한 음성으로 김여물이 명을 내렸다.

새로운 충주성 방어사

　탄금대 전투가 끝난 후에 고니시의 일번대도 가토 군이 넘어 온 곳을 따라서 달천으로 진입하였다.

　그들도 가토 군처럼 고생을 했지만 조선군의 공격을 받지는 않았기 때문에 이번대처럼 큰 피해를 입지는 않았다.

　일번대와 이번대가 함께 평야에 영채를 꾸려 휴식을 취하고, 고니시 유키나가는 참모들을 데리고 가토 기요마사를 만나러 갔다.

　"하! 이게 누군가? 내 뒤를 졸졸 쫓아다니는 약장사 아닌가?"

역시 고니시를 보자마자 독설을 날리는 가토였다.

"아군을 돕지 않고 숨어 있다가 샛길에서 해매 놓고는 큰 소리를 치는군. 산속에서 조선 호랑이한테 엉덩이를 물렸다고 하더니만 괜찮은가?"

"뭣이? 누가 그딴 소리를 해! 호랑이라는 짐승은 내 창으로 잡아 버렸다! 네놈이야말로 조령에서 조선군의 매복에 걸려 죽을 고생을 했다면서?"

"나야 지형지물이 불리해 고전을 했지. 그러는 자네는 유리한 지형 때문에 간신히 이겼다지? 하마터면 신립의 철기병에게 전멸당할 뻔했다던데."

"정말 죽고 싶은가?"

"고정들 하십시오. 태합 전하께서 한 달 내로 한양을 점령하라고 하셨는데 벌써 시일이 지났어요. 이럴 때 힘을 합쳐 대책을 마련해야지 서로 다툴 때 입니까?"

"두 부대가 피해가 막심합니다. 수륙병진 정책으로 조선을 빠르게 합병하려는 전략에 차질이 생겼어요."

분위기가 점차 험악해 지자 주위의 다이묘들과 승려 겐소가 싸움을 말렸다.

그래도 성이 풀리지 않는지 씩씩대면서 노려보는 두 장수였다.

"태합께서 얼마나 노하실지 생각해 보십시오. 두 분은 목숨이 여러 개입니까?"

노성을 터트리는 히데요시의 모습을 떠오르니 가토와 고니시도 말문이 막혔다.

선비의 나라라고 하여 금방 항복을 받아 낼 줄 알았는데 이리 격렬하게 저항할지 몰랐다.

잘못하면 할복으로 죄를 물을 수도 있는 일이었다.

"토의할 게 뭐 있소이까? 당장 저 소꿉놀이 성 같은 충주성을 점령해 버리고 한양으로 북상합시다!"

가토가 호기롭게 외쳤다.

그가 큰소리를 칠 만했다.

전국시대의 일본 성에 비하면 충주성은 중간기지 정도에 불과한 수준이었다.

"해자도 없고, 외벽, 내벽도 없고, 천수각, 웅성도 없고, 총안도 없어요. 결정적으로 높이가 저게 뭡니까? 공성병기도 만들 필요가 없을 것 같습니다. 사다리와 줄만 있으면 금방 넘게 생겼어요."

이번대에 속해 있는 나베시마 나오시게(히젠국의 다이묘)도 의견을 제시했다.

나베시마는 이끄는 병력수는 물론 본인의 명성도 가토 기요마사에 비해 크게 떨어지지 않는 용장이었다.

"그렇지가 않아요. 우리병졸들이 많이 지쳤고 무엇보다 화약을 많이 소모했습니다. 군량도 안심할 만한 수준이 아니고요. 신중을 기해야 합니다."

고니시가 반대의견을 제시했다.

"무슨 신중? 겁이 나면 그냥 앉아 있거라! 나 가토가 단숨에 저 소성을 점령해 버릴 테니!"

"정말인가? 혼자서 할 수 있다는 건가?"

심각하게 되물어보자 가토가 아차 싶었다.

신립의 철기병 때문에 피해가 막심한데 다시 혼자서 무리할 필요는 없었다.

"자! 이제 그만들 다투세요. 전령이 왔는데 구로다 나가마사 공의 군대가 추풍령을 통과했다고 합니다. 금방 도착할 테니 삼번대까지 합류하여 충주성을 점령합시다."

일번대의 마쓰라 시게노부가 새로운 제안을 했다.

보충병력과 보급을 받은 다음에 충주성을 공략하자는 제안.

"그런 다음에는 누가 선봉을 서서 한양으로 가겠소?"

"충주성을 점령한 다음에 관아에서 제비뽑기라도 하면 되는 거 아닙니까?"

"뭐요? 핫핫핫!"

마쓰라의 농담에 오랜만에 좌중에 웃음이 터져 나왔다.

급한 용무가 있는지 전령 하나가 급하게 뛰어와서 보고를 했다.

"주군! 조령 출구에서 조선군이 나타났습니다!"

"조령에서? 그렇다면 백강이라는 녀석의 별동대인가 보군."

"그런데 놈들이 특이합니다! 괴상한 노래를 부르면서 오고 있습니다!"

"노래?"

이상한 보고에 장수들이 전부 막사에서 나갔다.

"저것들 뭐야?"

전령의 보고는 틀림없었다.

조령의 출구는 입구처럼 험한 지세가 아니었다.

그 출구에서 조선군 삼천 정도가 열을 맞추어 걸어 나오고 있었다.

그런데 조선군들은 목청이 터져라 민요를 부르고 있는 것이 아닌가?

어유와 방아요! 어유와 방아요!
미끌 미끌 지장방아~ 원수 끝에 보리방아~
찧기 좋은 나락방아~ 등에 넣은 물방아~
사박 사박 율미방아~ 지글 지글 좁쌀방아~
오동추야 달 밝은데 황미 백미 정든 방안가~
어유와 방아요 어유와 방아요~

어깨춤이 저절로 나오는 흥겨운 박자와 노랫소리였다.

대열을 맞추어 나오는 병사들도 실제로 넘실넘실 춤을 추면서 오고 있었다.

"저것들이 미쳤나? 당장 진격해서 전부 목을 베어 버립시다!"

가토가 소리를 질렀지만 고니시가 고개를 저었다.

"저 깃발을 보시오. 백(白)자가 써 있군. 조령에서 우리를 막았던 백강이라는 조선 장수의 부대가 틀림없소."

"그래서 어쨌다는 거요?"

"이레 동안 저자와 겨루어 보니 용맹하기가 살쾡이 같았고 교활하기가 원숭이 같았소. 저런 짓을 하는 건 우리를 유인하려는 수작같이 보이오."

"유인은 무슨? 겨우 삼천 정도밖에 되질 않으니 괜한 허장을 부리는 거야!"

"그럼 직접 나서시든가? 우리 일번대는 움직이지 않겠소."

기분이 상한 고니시는 아예 자리를 박차고 들어가 버렸다.

일번대의 장수들도 모두 그를 따라갔다.

"에잇! 놈들을 감시하고 어찌 되었는지 보고해!"

"하잇."

독자적으로 움직이다가 또다시 큰 손해를 보고 싶지 않은 가토도 감시 명령만 내렸다.

* * *

　당연히 충주성의 조선인들도 백강의 개마무사단이 민요를 부르며 자신들 쪽으로 오는 걸 보고 있었다.

　"어찌할까요?"

　군관 한 명이 김여물에게 물었다.

　"우리도 함께 노래를 불러라!"

　"넷?"

　"개마무사단에 뒤지지 않게 크게 불러야 한다! 어서! 피리 부는 악공과 목청 큰 사내들을 성벽에 세워라!"

　충주성 성벽에서 피리 소리가 울렸고, 개마무사단의 소리에 맞춰 함께 춤추며 노래를 부르는 병사들로 가득 찼다.

　달천 평야가 떠나갈 듯이 신나는 민요가 계속 울렸다.

　백강의 개마무사단이 충주성에 거의 도착하자 김여물이 급히 명을 내렸다.

　"어서 성문을 열어라!"

　성문이 열리자 노래를 멈추고 재빠르게 달려 충주성 안으로 입성해 버리는 삼천오백의 군사들이었다.

　"사제의 허장성세(虛張聲勢, 실속은 없고 허세로 떠듬)가 성공을 거두었네. 아무 피해도 없이 입성을 했으이!"

안색이 환해진 백강이 정문부를 어깨를 치면서 좋아했다.

"사형이 적장들의 성격과 불화를 알려 주셨기에 통한 겁니다."

"근께~ 내는 애간장이 다 녹아 부렸다닝께. 왜적들이 한꺼번에 몰려오면 우덜은 죽은 목숨이었제."

간 큰 김덕령마저 긴장했는지 박수를 치며 좋아했다.

조령에 나누어져 있던 개마무사단은 미리 약속했던 대로 엿새째부터 퇴각준비를 하긴 했다.

때마침 충주성에 올라온 봉화 연기를 보고는 일정을 약간 앞당겨 백강, 김덕령, 정문부 세 부대가 약속 장소에 모여 조령을 내려왔던 것이다.

"어쩌죠? 적이 진을 치고 있습니다."

"강행돌파하면 피해가 막심할 텐데. 우리는 기병도 없지 않은가."

충주성 옆에는 신립군을 격파한 가토 기요마사의 이번대와 조령에서 백강과 싸움을 벌였던 고니시 유키나가의 일번대가 합류한 적의 대군이 대기 중이었다.

새벽에 몰래 이동하자니 시일이 지체되어 불안하고 바로 이동하자니 왜적의 눈을 피할 수 없어 곤란해하던 참이었다.

"이렇게 하면 어떻습니까? 아예 크게 노래를 부르고 이

목을 끌면서 가는 겁니다."

"워메~! 셋째 사제! 고것이 뭔 벼락 맞을 소리여~ 기어서 이동해도 모자랄 판 아닌겨!"

"대장의 설명에 의하자면 가토와 고니시는 서로 불화하고 견제한다고 했습니다. 또, 하나는 불같은 성정이고 하나는 침착한 성정이지요. 의외의 우리 모습에 결정을 못 내리고 대처를 못할 가능성이 있습니다."

"아주 좋은 계책일세. 바로 그리하세!"

꾀를 낸 건 정문부지만 그걸 시행하기란 쉬운 일이 아니다.

간이 크고 실행력이 있는 대장, 백강이라야 가능한 결정이었다.

그렇게 개마무사단은 노래를 부르며 전진했고 오히려 활 한 번 쏘지 않고 무사히 충주성에 입성하게 된 것이다.

"저들이 개마무사단과 백강 장군님이셔! 무려 이레 동안이나 조령에서 왜군을 막으셨다네!"

"민요를 부르는데도 왜군들이 꼼짝 못 하는 거 봤지? 장군님만 있으면 우리의 승리가 확실하다고!"

"뒤에 있는 김덕령, 정문부 장군님들도 하늘이 내리신 명장이시라네! 이제 우리는 살았어!"

"오랜만에 목청 터지게 불렀더니 묵었던 장독이 싹 내려가는 것 같네 그려!"

가뜩이나 사기가 저하되어 있던 충주성의 군민들의 환호성도 터져 나왔다.

천하의 명장이라던 신립 장군이 눈앞에서 전사했고 무적의 철기병이라던 기병들은 전멸당했다.

암울한 기분에 휩싸여 있던 병졸들과 백성들이 어깨춤을 추면서 개마무사단의 양옆을 에워쌌다.

"백강 장군! 정말 수고 많았네!"

김여물과 장수들이 모두 몰려와 백강의 손을 잡고 기뻐했다.

"종사관 어른도 고생하셨습니다."

"아닐세. 나는 못난 패장이야. 도순변사 신립 장군이 무리한 출전을 하는 걸 막지도 못했고, 패전하는 것과 전사하는 걸 보고만 있었네. 천하에 죽을죄를 지은 죄인일세."

"그렇지가 않습니다. 종사관 어른이 충주성을 지켜주셨기에 이렇게 우리가 살아남은 겁니다. 또한 조선의 목숨줄을 지키고 계셨던 거예요! 일등 공신입니다."

"당치 않네."

"그건 그렇고 종사관 어른. 조령으로 보냈던 지원군은 어느 장수 분이셨나요?"

"응?"

"마지막까지 길목을 막던 정문부 부대까지 철수하였는

데 고니시의 본대가 다시 문경으로 물러났더군요. 지원군을 보내시지 않으셨습니까?"

"아닐세. 우리는 충주성 보강과 훈련만 하였어. 마지막 전투에선 고언백 장군만이 척후로 나갔다가 접전하고 패주하였을 뿐, 나머지는 탄금대에 참전하였네."

"어허. 이것 참. 고니시가 귀신을 보고 퇴각하였나? 영문을 모르겠군요."

김여물은 물론 백강 부대도 영규 대사의 지원군에 대해서는 모르고 있었다.

개마무사단도 은밀히 철수하였기에 승병들과 만나지를 못했다.

때문에 영규 대사와 승병들은 충주성 전투가 끝날 때까지 계속 조령에 남아 대기하게 된다.

"어찌 된 일입니까? 신립 장군이 결국은 출성하였고 패배한 것입니까?"

대충 예상은 갔지만 백강이 다시 물었다.

"가등청정이 이끄는 왜적 이번대가 산길을 타고 소규모 부대들만 하산하였네. 기회라고 판단한 신립 장군이 기마병과 궁수대를 이끌고 출전하였지만 왜적의 후속부대가 조총을 쏘며 덤벼들고 땅이 진흙으로 변한지라 기마의 묘를 살리지 못하고 탄금대에서 포위당하여 전멸당했네. 신립 공, 이종장, 이희립 등은 전사한 걸 확인했네만 다른 장수들의 생사는 어찌 되었는지 모르네. 충주성까지 살아서 돌아온 기병은 50기 정도밖에 되질 않으이."

"그렇게 되었군요."

'주변의 상황과 인물의 성격이 맞아 떨어지면 아무리 노력해도 원래 역사와 비슷한 결과가 나오는구나.'

백강이 그리 애를 썼건만 신립은 원래 역사대로 탄금대에서 전사하고 말았다.

용장이기는 했지만 괴팍하고 고집이 세서 수하의 충언을 듣지 않다가 결국 죽고 말았다.

그가 전사한 건 그렇다 치고 이천의 정예 철기병이 함께 전멸한 건 크나큰 손해였다.

"아쉽게 되었지만 슬퍼할 시간은 없습니다. 당장 충주성 방어 준비를 해야 합니다. 왜적들은 삼번대를 기다리는 모양인데 곧 도착을 할 것이고, 바로 공격에 나설 겁니다."

"자네가 충주 방어사가 되어 전군을 이끌게나."

"네?"

어이가 없어 백강이 되물었다.

"나는 상사와 전우들을 구하지 못한 졸장일세. 방금 자네가 충주성에 들어올 때, 병사들과 양민들이 얼마나 기뻐하는지 자네 눈으로 똑똑히 보지 않았나? 모든 군민들이 자네를 우러러보고 의지하고 있음이야. 자네가 방어사가 되게."

"말도 안 됩니다. 종사관 어른이 계신데 제가 어찌……."

"아니! 지금 서열을 따질 때가 아닐세. 최선의 선택을 하여 충주성을 지켜내는 것이 제1선결일세!"

말을 끝낸 김여물이 한쪽 무릎을 꿇으면서 예를 올렸다.

"장수 김여물. 충주 방어사 백강 대감을 뫼십니다! 명을 내려 주십시오!"

김여물 뒤에 있던 이운룡 등의 군관들도 모두 따라 고개를 숙였다.

이미 어느 정도 합의를 한 모양이었다.

"종사관 어른……."

당시 조선은 철저한 신분사회였다.

이렇게 과감한 서열 파괴는 의식이 있는 인사가 아니면 할 수 없었다.

"대장. 지금은 그게 최선인 듯싶습니다. 받아들이시죠."

"사형. 시간이 없당께요. 언능 결정해부러요."

정문부과 김덕령도 은근한 목소리로 권했다.

"그리하면 소장이 잠시 방어사의 직책을 맡겠습니다. 어서 일어나시죠."

"고맙네! 고맙우이! 백강 대감!"

눈물을 글썽이는 김여물의 손을 잡고 일으킨 백강이 장수들을 모두 이끌고 성벽 위로 올라갔다.

먼저 적정을 살핀 다음에 장수들에게 성의 현재 상황에 대해 보고를 들었다.

"병사들은 만 명 정도 남아 있습니다만, 정예병이 아니라 난리가 일어나 억지로 끌고 온 인물들입니다. 사기가 낮고 훈련이 되어 있지 않아 실전에서는 쓸모가 없을 수도 있습니다."

"병기와 군량은 어떤가?"

"난리가 일어날 것을 걱정한 서애 대감과 이항복 대감 등에 의해서 군량을 제법 모여 있습니다. 한 달은 넉넉잡고 버틸 듯합니다. 창, 칼도 많이 있어 괜찮은데 문제는 궁시(활과 화살)입니다."

"궁시가 왜?"

무를 천시한 조선이지만 활쏘기만은 한량들도 즐길 만큼 활성화되어 있었다.

청천회 회원들이 전쟁 대비를 충분히 한 충주성에 궁시가 부족하다는 건 납득이 안 되어 백강이 되물어 보았다.

"도순변사 어른이 싹 긁어서 전부 가지고 갔습니다. 활은 어느 정도 있는데 화살이 절대적으로 부족합니다."

"우리 부대엔 조총이 있네. 원래 300자루 정도가 있었고 조령에서 100개 정도를 탈취해 가지고 왔네. 개마무사단의 조총대가 엄호를 할 테니 걱정 말게나."

"왜… 왜적이 쓰는 조총을 다루신다고요?"

"뿐만 아니라 대포가 있지 않은가. 왜군에게는 대포가 없으니 지자총통 몇 방이면 혼비백산할 걸세. 또한 조령에서 비격진천뢰는 전부 사용했지만 대완구는 남아 있네. 대완구에 돌포탄을 넣어 쏘아도 살상력이 높아. 활이 부족하니 전통적인 수성법이 아니라 가까이 접근시킨 후 적을 공략할 생각일세. 여기 '질려포통'이 있으니 군사 정문부에게 사용법을 배워 놓게나. 또한 기와장, 돌멩이, 끓는 물 등을 준비해야 해. 분명 성벽 근처에서 난전이 발생할 걸세."

백강이 전략에 대해서 설명하니 마치 전부터 충주 방어사가 되기를 준비했던 것처럼 막힘이 없었다.

"가장 큰 문제는 병졸의 사기입니다. 방어사 어른이 입성하여 크게 오르긴 했지만 그래도 걱정됩니다."

"탈영병이 나오는가?"

"어제 밤에도 성벽을 넘어 도망치는 군졸 다섯을 참수했습니다. 지금이라도 기회만 있으면 도망치고도 남을 만합니다. 또한 충주성에 남아 있는 양민들도 크게 두려워하고 있어 병졸들까지 합세하는 상황입니다."

이는 정말 큰 문제였다.

아무리 무기와 전략이 있어도 병사들이 싸우고자 하지 않는다면 승리할 수 없었다.

"군졸과 양민들을 전부 집합시키게."

아무래도 사기진작이 필요했다.

명을 받은 장수들이 뛰어다니고 한 시진도 되지 않아 최소한의 경계병만 제외하고는 관청 앞에 모든 군사들과 양민들이 모였다.

몇 천 명이 넘는 지라 발 디딜 틈 없이 꽉 찼지만 덕분에 지휘자의 목소리가 잘 들릴 터니 이점도 있었다.

기골이 훤칠한 백강이 단위에 오르자 웅성이는 목소리들이 줄어들었다.

"충주성에 모인 조선의 전우들, 양민들이여!"

내력이 담긴 우렁찬 목소리로 외치자 관청의 기와가 들썩일 정도로 컸다.

모인 백성들이 토끼 눈을 뜨고 그에게 집중했다.

"왜적의 삼만 군이 우리를 에워싸고 있으며 곧 일 만의 군사가 더 합류할 예정이요. 도순변사 신립 공은 전사하였고 나머지 장수들도 생사를 모르는 형국이요."

백강의 말에 주위의 장수들이 더 놀랐다.

'어쩌자고 불리한 형세에 대해 사실대로 말한단 말인가? 군중들은 쥐새끼보다도 겁이 많다는 걸 모른단 말인가? 경험이 없는 젊은 장수에게 지휘권을 맡긴 건 나의 패착이

었단 말인가!'

특히 김여물의 속이 타들어갔다.

"두렵소이까? 죽을까봐 두렵소이까? 왜적들에게 목숨을 잃고 재물을 잃고 가족을 잃을까 두렵소이까?"

"무섭습니다. 어르신!"

"우리는 장군님처럼 대단한 사람이 아닙니다."

"당장 항복하든가 탈출해야 합니다요!"

분위기를 타고 여기저기에서 성토가 튀어 나왔다.

그런 그들을 혼내기는커녕 백강은 그들을 향해 고개를 끄덕여 보였다.

"아주 자연스러운 현상이요. 응당 두려움을 느껴야지. 나도 두렵소이다."

화를 내도 모자랄 지휘관이 오히려 두렵다고 하자 군중이 모두 어리둥절해했다.

"바다를 건너온 왜적들은 현재도 십만이 넘고 앞으로도 많은 병력이 대기 중이라고 하오. 내 어찌 두렵지 않으리오!"

챙~!

번개 같은 빠르기로 자신의 독특한 검을 뽑아든 백강.

하얀 검날이 햇빛을 받아 번쩍이면서 군중의 눈을 괴롭혔다.

"그러나 한 번 생각해 보시오! 우리에게는 부모, 형제,

자매가 있고 처와 아들, 딸들이 있소이다! 그도 없다면 옆에 있는 친구와 전우들의 얼굴을 보시오! 그리고 자신들의 생사들을 생각해 보시오! 정말 이렇게 허무하게 왜적들에게 목숨들을 내주겠소이까?"

그의 목소리가 불이 솟는 것처럼 맹렬하게 변했다.

"지금 사방이 왜적인데 도대체 어디로 도망가잔 말이오! 충주성이 무너지고 나면 조선 천지가 왜적소굴로 변할 터인데 어디로 도망갈 터인가! 설령 여기에서 도망친다 한들 어디 가서 살 것인가! 가족, 전우, 친구, 재산을 모두 왜적의 손에 넘기고 혼자서 쥐새끼처럼 숨어 산단 말인가! 그것이 진정 사람의 인생이라 할 수 있겠는가?"

대형장검을 번뜩이면서 열변을 토하는 백강.

"여기 충주성엔 이만의 왜적을 상대로 이레 동안 조령을 막아낸 전사들이 사천 명이나 있고 나, 백강이 있소이다! 우리에게는 창이 있고 칼이 있고 활이 있고 조총이 있고 대포가 있소이다! 살고 싶다면 두려움을 이겨내시오! 우리 땅을 더럽히고 있는 왜적들을 벌주고 싶다면 두려움을 떨쳐내시오! 나, 백강이 선두에 서서 함께 싸우겠소이다! 자! 여러분은 어떤 걸 선택하겠소이까? 쥐새끼의 삶을 살겠소? 아니면 나와 함께 싸워 우리를 침략한 왜적들에게 쓴 맛을 보여 주겠소이까?"

"싸우겠습니다!"

"싸우겠당께요!"

정문부와 김덕령, 개마무사단에서 먼저 함께 싸우겠다는 고함이 터져 나왔다.

곧 병졸들도 무기를 뽑아들고 소리를 질러댔다.

"싸우겠습니다! 왜적을 물리치겠습니다!"

"백강 장군! 함께 싸우겠습니다!"

"저희도 싸우겠습니다! 저희는 병졸이 아니지만 함께 싸우겠습니다! 우리 가족을 우리 손으로 지키겠습니다!"

"우리 아녀자들도 함께하겠어요! 도울 수 있는 건 뭐든지 돕겠습니다!"

관청이 떠나갈 듯이 모든 백성들이 흥분하여 소리를 질러댔다.

이제 두렵다고 하는 사람은 한 명도 보이지 않았다.

'정말 노련하군. 왕실에 대한 충성이나 장수로써의 권위로 윽박지르는 것이 아니라 백성들의 마음에 쏙 들어오게 사기를 살렸어. 내가 사람을 잘 봤음이야.'

함께 칼을 뽑아 들고 있는 김여물이 흐뭇한 표정으로 병졸들과 백강을 번갈아 쳐다보았다.

* * *

흥분이 채 가라앉기도 전에 장수들이 나서서 본격적인

방어 준비를 시작했다.

　일반 백성들은 돌과 물을 끓이면서 근접전을 준비하고 부상병 치료와 군량 준비 등 후방 지원 작업을 했다.

　병졸들은 장수들의 지휘에 맞춰 충주성 성벽에 배치되었다.

　훈련이 부족한 이들은 속성으로 배우면서 전의를 불태웠다.

　"문부. 자네가 포병과 사수들의 지휘를 맡게."

　"제가요?"

　"자네만큼 대포와 화약에 대해 잘 아는 이가 어디 있겠나?"

　정문부는 활도 잘 쏘았지만 백강의 가르침을 받아 화포와 조총에도 일가견이 있었다.

　처음에는 백강에게 배움을 받았지만 수완이 좋은 그는 곧 백강을 능가할 정도로 전문가가 되었다.

　"알겠습니다. 방어사 어른."

　"화약과 포탄이 수요량이 적네. 최대한 접근시켜 타격을 주어야 하네. 질려포통의 사용법도 확실히 교육 시키게. 오발사고라도 일어나면 아군에 피해가 많이 나는 물건이야."

　"명심하겠습니다."

　화살이 부족한 상태에서 화약무기의 효과는 승패를 가를

수 있는 중요한 문제였다.

백강은 정문부에게 전투에서 가장 중요한 부분을 맡긴거나 다름없었고 그만큼 그를 신뢰한 다는 뜻이었다.

"방어사 어른! 왜적의 새로운 군대가 나타났……."

"목소리 낮추어라! 정녕 군율에 의해 참수 당하고 싶은 게냐?"

병사 하나가 나타나 호들갑을 떨자 백강이 불호령을 내렸다.

가뜩이나 힘들게 사기를 올려놓았는데 모든 걸 수포로 만들어 놓을 수도 있어 혼을 낸 것이다.

'기본도 안 되어 있는 놈들이로다!'

잘 훈련이 되어 있는 개마무사단에서는 꿈도 꿀 수 없는 행동이었다.

혼이 난 병졸이 근처 장수들에게 끌려가는 동안 백강은 서문 위에 올라 적정을 살폈다.

"방어사 어른. 왜적의 삼번대가 나타난 듯합니다."

노련한 김여물은 역시 침착하여 평상시와 말투에 변화가 없었다.

먼저 살피고 있다가 백강이 올라오자 보고를 올렸다.

"병력이 얼마나 되어 보입니까?"

"일만은 족히 되는군요."

천리통을 들어 백강이 평야를 살폈다.

동방상단의 제작한 천리통은 이제 큰 성마다 하나씩은 가질 정도로 보급이 되어 있었다.

지금 이 시간에도 계속 보급되고 있었다.

확실히 고니시와 가토의 군 사이로 일개 군단이 줄을 서서 합류를 하고 있었다.

깃발을 보니 구로다 나가마사의 삼번대가 확실했다.

"결국 정기룡 장군의 추풍령이 뚫렸군요."

"우방어사 조경을 구출하고 큰 활약을 하였으나 군사가 너무 적었습니다. 금산에서부터 추풍령까지 끈질기게 왜적을 괴롭혔으나 지원 없이 버티긴 힘들었을 겁니다."

"이거 야단났군요. 적어도 하룻밤의 시간이라도 있어야 할 터인데……."

이제 겨우 충주성의 군졸과 백성이 한 마음이 되어 전투 준비를 시작했다.

아직은 준비가 덜 되어 있는 상태인데 당장 왜군이 쳐들어온다면 버티기 힘들어 보였다. 백강은 이 점이 염려가 되어 고민에 빠졌다.

"왜병 포로들이 아직 여기 있는가?"

"그렇습니다. 토굴에 가두어 두었습니다."

장수 한 명이 대답한다.

"그들 중에 지휘관급 하나를 나에게 데리고 오게."

"어쩌려고 그러나?"

지금 상황에서 왜군 포로가 왜 필요한가 해서 김여물이 물었다.

"시간을 벌어봐야겠습니다."

백강의
제국

충주 대첩

"지금 무슨 소릴 하고 있는 거야? 적장이 나와 고니시를 정확히 지목하여 만나자고 했다는 거야?"

일본군 진영에서는 가토의 성난 목소리가 막사 바깥까지 쩌렁쩌렁 울렸다.

"그렇습니다. 백강이라는 조선 장수는 신기하게 우리나라 말도 어느 정도 합니다. 가토, 고니시 장군과 만나고 싶다고 하며 일각 후에 하얀 깃발을 말에 달고 나오라고 했습니다. 용모를 알고 있으니 가케무샤(影武者, 그림자 무사, 적을 속이기 위해 대장으로 위장한 무사)를 보낼 생각은 하지 말라고 합니다."

"가케무샤도 알고 있단 말이냐? 조선인이?"

"그뿐 아니라 저격 같은 비겁한 계책을 준비하거나 다른 무사들을 대동하지도 말라 했습니다. 자신을 보고 싶으면 두 장수만 나오라고 합니다. 우리의 실정에 대해 잘 알고 있는 자였습니다."

가토와 고니시 앞에서 설명을 하는 병사는 충주성에 포로로 잡혀 있다가 풀려난 자였다.

백강의 서신과 전할 소식을 가지고 군영에 돌아와 있었다.

"미친놈 아닌가? 하찮은 조선 장수 주제에 감히 누굴 만나겠다는 거야? 뭐? 저격? 웃겨 죽겠군! 제까짓 놈이 뭐 대단한 녀석이라고 저격을 하나? 그냥 쳐들어가 목을 베어버리면 되는 걸 가지고!"

가토는 비웃었지만 고니시의 표정은 심각했다.

"아까 노래를 부르면서 들어간 그 장수군. 조령에서 우리 군을 애먹이더니만 충주성의 수장이 된 모양이야."

"왜? 7일씩이나 함께 싸웠더니 정이 들었더냐? 만나보고 싶은 건가?"

빈정거림에도 말리지 않고 고니시는 자신의 예감을 따르기로 결정했다.

"나는 만나볼 생각이다. 흥미가 생겨."

"뭐? 흥미?"

"이봐. 가토. 조선 장수한테 겁을 먹은 건가?"

"뭣이라?"

"만나기 싫으면 만나지 마라. 나는 왠지 백강이라는 조선인과 대면해야 할 것 같은 느낌이 들어. 앞으로 많이 엮일 것 같은 느낌이 들거든."

"느낌 같은 소리하고 있네."

"말을 준비하라."

아무리 비아냥대도 고니시는 자신의 말을 타고 벌판으로 나갔다.

뒤에서 소리가 들려서 돌아보니 가토도 창을 비켜 들고 뒤따라 타고 오고 있었다.

"변덕이 심하군. 적장이 미친놈이라고 비웃더니만."

"흥. 내가 죽일 녀석의 얼굴이나 보자는 거다."

가토는 기다랗게 생긴 특이한 투구를 착용하고 있었다.

이는 전투용이 아닌 특별한 경우에만 쓰는 의전용 갑주에 투구였다.

말은 쉽게 해도 가토도 백강을 중요시 여긴다는 반증이었다.

가토와 고니시가 벌판 가운데에 서자, 충주성 성문이 열리더니 두 명의 조선 장수가 말을 휘몰아 타고 나왔다.

칠흑처럼 검은 두정갑을 입은 장수와 호랑이 가죽을 갑옷 위에 걸친 장수였다.

전쟁에서 잔뼈가 굵은 가토와 고니시가 보기에도 풍기는 기도가 만만치 않은 자들이었다.

호피 갑옷이 먼저 도착했으나 앞으로 나와서 말을 건 이는 검정 갑옷의 장수였다.

"내가 대조선의 충주 방어사 '백강'이오. 여기는 우리의 돌격장인 '김덕령'이라고 하오."

"뭐 땜시 꼬라보고 있제? 죽고 잡냐? 눈깔을 확 뽑아벌라~"

만약을 대비해 백강은 무예가 가장 출중한, 김덕령을 데리고 왔다.

어색하긴 하지만 백강은 일본말을 했다.

김덕령의 전라도 사투리는 당연히 일본 장수가 알아듣지 못했다.

"내가 바로 태합 전하의 선봉장 '고니시 유키나가'다."

"가토 기요마사다."

고니시는 침착하게 대답했지만 가토는 김덕령과 눈싸움을 벌이고 있느라 정신이 없었다.

'가토는 예상보다 작고, 고니시는 예상보다 사납게 생겼구나.'

임진왜란의 유명한 두 선봉장, 가토와 고니시를 보면서 백강의 만감은 교차하고 있었다.

수천 번 연구를 했던 일본의 두 선봉장을 눈앞에서 보아

감격스럽기도 했지만 그들이 조선과 민족에 끼친 해악을 돌이켜보면 당장 죽여 버리고 싶기도 했다.

"항복 조건에 대해 논의하고 싶어 우리를 보자고 했는가?"

백강이 현지 일본어를 잘 알아듣지 못해 고니시의 말에 빠르게 대답 못 했다.

곰곰이 생각해 본 뒤에야 말뜻을 이해했다.

"항복 조건? 이기는 싸움에서 항복을 하는 바보도 있나?"

"이기는 싸움이라… 좋아. 그렇게 믿고 싶다면 믿어라. 항복을 논의하러 온 것이 아니라면 어째서 우리를 보자고 했지?"

"그대 둘에게 충고할 것이 있어서 왔다."

사실 구로다 나가마사와도 긴히 할 말이 있지만 지금은 시기상조.

전투를 앞둔 지금은 눈앞의 두 사람을 구워삶는 것이 더 중요했다.

"충고? 가소롭군. 조령에서 약간 잘 싸웠다고 해서 태합 전하의 일등 선봉장인 나에게 충고를 할 자격이 있다고 생각한 것인가?"

"말끝마다 충신인 것처럼 '태합 전하, 태합 전하'하는군. 그대들은 도요토미 히데요시가 앞으로 얼마나 더 살 수 있을 거라 보는가?"

"뭣이? 감히 조선인 주제에 태합 전하의 성함을 함부로 부르다니!"

김덕령과 눈싸움을 벌이느라 대화에 참가하지 않던 가토 기요마사가 불호령을 터트렸다. 그는 도요토미의 처조카뻘 되는 친척이기도 했다.

"도요토미 히데요시가 난세의 영웅임은 나 역시 부인할 생각은 없다. 하지만 아무 이득이 없는 불의한 조선 침략 전쟁을 일으킨 건 심각한 판단 착오가 아닐 수 없어. 늙고 병들었는지 감정의 기복도 심하고 태양의 아들이니 뭐니 하는 망상도 깃들고 있지. 그가 죽은 후에 '도쿠가와 이에야스' 같은 대 다이묘들이 너희를 가만히 놔두고 앉아 있을 듯싶은가?"

'일본말만 할 줄 아는 것이 아니라 우리나라의 정세를 완전히 꿰고 있구나.'

고니시와 가토의 눈빛이 동시에 날카로워졌다.

상대의 말이 전부 옳았다.

태합은 망령기가 들었는지 과한 판단을 연달아 했다.

조선인 장수는 단순히 감정적으로 도요토미의 욕을 하는 것이 아니라 냉철한 판단을 하는 거였다.

"그대들도 실제 조선을 앞장세워 명나라를 점령하고 심지어 천축과 마닐라까지 진출한다는 걸 믿는 건 아니겠지? 그대들은 아직 젊다. 수명이 얼마 남지 않은 히데요시가 죽은 후를 생각해 보지 않았단 말이더냐?"

고니시의 눈썹이 꿈틀거렸다.

그는 가토처럼 맹목적인 충성심에 이 전쟁에 참가한 것이 아니었다.

자신의 입장과 태합의 강요, 그리고 상업적인 면 때문에 어쩔 수 없이 참전을 결정한 것이었고 방금 백강이 말한 것처럼 히데요시 시대 이후를 걱정한 바가 있었다.

"너희는 도대체 뭣 때문에 머나먼 조선에까지 와서 너희들의 수족과 같은 수하와 병사들을 죽이고 있는 것이냐? 앞으로 일어날 본국에서의 변화는 고려조차 않는 것이더냐?"

백강이 손가락으로 충주성을 가리켰다.

"저거 있는 충주성은 이미 방어 준비를 마쳤고 수백 문의 대포와 화살, 조총으로 무장하고 있다. 너희가 아무리 들이쳐도 점령하기는커녕 비참한 패배를 당하게 될 터. 북에서는 조선의 십만 정예 병력이 내려오고 있으며 남에서는 의병과 수군이 너희의 병참선을 공략하고 있다. 승산이 없는 전쟁에 더 이상 희생을 자초하지 말길."

"이미 너희들의 최고 장수라는 신립을 내가 꺾었어! 큰소리치지 마라!"

"신립 장군이 뛰어난 장수 이기는 했지만 급히 오느라 기병 몇 천 기밖에 대동하질 못했다. 뿐만 아니라 우리 조선에는 그와 같이 뛰어난 기량을 갖춘 장수가 구름처럼 많다. 너희는 앞으로 그들 하나하나와 며칠 전 같은 치열한 전투를 겪어야 할 것이다. 그래도 괜찮겠는가?"

억지로 큰소리를 치던 가토도 말문이 막혀 버렸다.

그러나 고니시는 단순한 그와는 성격이 틀렸다.

"그대가 이렇게 우리를 걱정해 주는 줄 몰랐군. 그래서 우리에게 충고를 해주러 나왔다? 내가 보기에는 살아남기 위해 후퇴해 달라는 애걸로 들리는군 그래. 안 그런가, 가토?"

"맞아. 세 치 혀로 나불대는 것들은 원래 실속이 없어."

앙숙인 두 사람이지만 이럴 때는 힘을 합쳤다.

두 장수의 말을 듣고 백강이 피식하고 가소로운 웃음을 지었다.

"이렇게까지 충고해 주었는데도 수하들을 죽이고 싶다면 언제든지 오라. 나, 백강과 여기 있는 김덕령, 그리고 우리 대 조선군이 얼마나 막강한지 알려주도록 하마. 대화가 통하는 상대들인 줄 알고 불러서 친절히 설명해 주었더니 시간만 낭비했군."

곧바로 말머리를 돌리자 오히려 고니시와 가토가 당황해했다.

"아 참. 이왕 이렇게 되었으니 한 가지만 더 알려주도록 하지."

떠날 줄 알았던 백강이 다시 고개를 돌려 말문을 열었다.

"우리 조선 민족은 만주를 지배하며 수나라와 당나라를 격파하던 고구려의 후예들이며 중원에 식민지를 경영하고 너희들의 땅으로까지 건너가 네놈들의 조상을 가르쳤던 해양대국 백제의 자손들이다. 지난 백 년간 유학을 장려하고 평화가 지속되어 국방이 약간 약화되었다고는 하나 그리 쉽게 무너질 줄 알았더냐?"

고니시와 가토의 얼굴이 헬쑥해졌다.

"너희들은 지금 잠자던 호랑이의 코털을 건드린 거다. 우리 조선 민족이 깨어났으니 너희는 다 죽었다고 생각해라! 단 한 놈도 고이 살려서 돌려보내지 않는다. 조선땅에서 너희들이 저지른 만행에 대한 복수는 나, 백강이 반드시 해 주마. 으랏~!"

할 말을 끝내자 곧바로 말을 몰고 자리를 떠나버렸다.

"……."

가토와 고니시는 뭐에 홀린 것처럼 그 자리에 우두커니 서 있었다.

충주성에 입성하는 백강의 뒷모습을 쳐다보면서 말이다.

"이봐. 가토. 그만 돌아가야지."

"그러자고."

늘 티격태격 하던 두 사람이 그렇게 조용히 대화를 나누고 말머리를 돌렸다.

이후로는 한 마디도 나누지 않고 각자의 영채로 들어가 버렸다.

두 장수는 깊은 생각에 잠겨 그날 저녁에는 작전회의도 열지 않았다.

* * *

지연책을 쓴 백강의 의도는 적중했다.

일본군은 그날 하루는 꼼짝 않고 머물러 있었다.

덕택에 충주성의 군, 민은 열심히 방어 준비를 할 수 있었다.

다음 날 동이 트자마자 일본군이 움직이기 시작했다.

"방어사 어르신! 왜적이 포진을 하고 있습니다!"

"가서 봅시다!"

얕은 잠에 빠져 있었던 백강을 비롯하여 충주성의 수뇌 장수들이 모두 관문에 올라서서 적진을 살폈다.

과연 적의 대군이 넓게 퍼지면서 전투 준비를 하고 있었다.

"서문을 가토의 이번대가, 북문을 구로다의 삼번대가, 남문을 고니시의 일번대가 맡았구만. 동문으로는 적군이 없어."

"동문 방향은 지형이 좁아서 대군을 배치하기에 이롭지 않지요. 또한 우리가 그리로 대거 도망가길 바랄 테니까요."

김여물에 지적에 백강이 대답했다.

"그렇다면 동문을 안에서 아예 봉해 버립시다. 달구지와 주춧돌을 가지고 막아 버려 도망은 불가능하고 우리도 절대 성에서 벗어나지 않는다는 뜻을 보여야겠으니."

"아주 좋으신 계책입니다. 종사관 어른."

"그대는 이제 충주성의 방어사 이니 나에게 말을 낮추도록 하게."

"그럴 수는 없습니다. 저에게 자진하여 지휘를 맡기신 분에게 어찌 그리하겠습니까? 신경 쓰지 마십시오."

동문을 봉해 버리라는 명을 내린 직후에 적진이 다시 변화했다.

"가토와 고니시 군은 방패 부대와 궁수, 조총 부대를 앞장 세웠군. 반면 구로다 군은 어설픈 공성탑 두 개를 만들었어."

"그리 용맹하던 가토와 고니시가 약간은 몸을 사리고 있는 듯싶습니다만……."

옆에 있던 정문부가 의견을 개진했다.

백강은 어제 자신이 했던 엄포가 먹혀 들어간 것 같아 미소를 지을 뿐이었다.

"김여물 종사관 어르신이 서문을 맡아 주십시오. 백례원, 그대가 이운룡과 함께 북문을 맡고, 내가 직접 남문을 맡겠소. 정기룡은 이천의 팽배수를 데리고 예비대로 있다가 위급한 곳이 있으면 돕도록 하오!"

"명 받들겠습니다."

"정문부! 포병과 사수들의 상황은 어떤가?"

"어제 시간을 벌어 주어 기본 교육은 시켜 놓았습니다. 포병들은 깃발신호에 의해 지휘 될 것이며 사수들은 성벽 곳곳에서 군관들의 명에 따를 것입니다. 질려포통의 사용법도 충분히 숙지시켜 놓았습니다!"

"좋았어!"

백강이 자신의 독특한 애검을 뽑아 들고 추상같은 군령을 내렸다.

"오늘 싸움은 조선의 운명이 걸린 대전투. 자리를 함부로 이탈하거나 진영을 어지럽히는 자가 있으면 그 자리에서 참수하겠소! 진중하기를 산과 같이하고 용맹하기를 청룡처럼 하여 반드시 왜적을 몰아내고 승리를 거둡시다!"

"명 받들겠습니다!"

"각자 위치로!"

장수들이 일제히 움직여 미리 정해 놓은, 맡은 위치로 향했다.

백강의 훌륭한 지휘 덕에 두려워하거나 망설이는 자는 하나도 보이지 않았다.

"오너라! 왜적들! 오늘 이후로 역사를 다시 만들어 주마!"

이처럼 대규모 전투는 백강도 처음이었다.

그렇지만 그 역시 한 치도 망설이지 않고 혼잣말을 하면서 전의를 올렸다.

둥! 둥! 둥!

북소리에 맞춰 일본군들이 서서히 충주성의 성벽에 접근하고 있었다.

사만에 달하는 대군이었다.

"별장 어르신! 왜적이 대포 사정거리 안에 들어왔시유!"

군관 한 명이 정문부에게 급히 말했지만 그는 고개를 저었다.

"조금 더! 조금 더 끌어들여야 한다."

"하… 하지만… 왜적이 너무 많아유."

"화약과 탄알이 너무 적어. 가까이 접근시켜 반드시 명중시켜야 한다. 더 끌어들여! 더!"

왜군은 천천히 다가갔지만 충주 성벽은 여전히 조용했다.

고개 한 명 내미는 병졸이 없어서 마치 비어 있는 성 같았다.

"뭐지? 전부 도망친 건가?"

백강과 처음으로 겨루어 본 구로다 나가마사는 그렇게 고개를 갸웃거릴 정도였다.

물론 고니시와 가토는 적장이 절대로 도망칠 인물이 아니란 걸 알기에 진군을 최대한 천천히 하고 있었다.

"지금이야! 신기전을 올리고 깃발을 휘둘러라!"

정문부가 신호를 보내자 남, 북, 서문에서 동시에 신기전이 올라갔다.

깃발수들이 일어나 미친 듯이 휘둘러 댔다.

화포 공격의 시작 신호였다.

쾅! 쾅! 쾅! 쾅!

이미 장전되어 있던 총통들이 일제히 성의 대포구멍에서 모습을 드러내더니 발포를 개시했다.

"으악~~! 이게 뭐야~~!"

삼십 보 거리까지 다가와 있던 일본군 진영에서 폭발이 일어났다.

전란 시대를 겪은 일본이지만 대포에는 익숙하지 않기 때문에 여기저기에서 고함소리가 터져 나왔다.

이런 대형 폭발은 처음 겪어 보는 것이다.

충주성의 주력 화포는 '지자총통'이었다.

조선이 보유한 화포 중에 두 번째로 커다란 것으로 천자총통보다 위력은 떨어지지만 화약소비량이 적어 수군을 비롯한 많은 조선군이 주력 화포로 삼고 있는 것이다.

크기는 당시 유럽의 대포보다 작았지만 위력은 괜찮아서 일본군이 혼비백산하기에 충분했다.

'앞으로 십 년이 지나기 전에 유럽보다 막강한 화포들을 양산하리라!'

화포들이 불을 뿜는 걸 보면서 백강이 다짐을 가졌다.

"진격하라!"

대포를 피하는 가장 좋은 방법은 접근하여 싸우는 것이다.

천천히 접근하던 왜병들이 일제히 성벽을 향해 달려갔다.

"계속 발포하라! 계속!"

격자목을 넣고 화약을 채워 넣으면서 재장전을 실시하는 화포병들.

그렇지만 이 당시에는 장전 속도가 느렸다.

그 틈을 이용해 일본군들이 득달처럼 성벽 근처로 달려들었다.

탕! 탕! 탕! 탕! 탕!

화살이 날아오는 건 예상했다.

그러나 성벽에서 총소리가 일제히 울려 퍼지자 일본군들이 화들짝 놀랐다.

"어떻게 된 거야? 조선군 진영에서 철포 일제 사격이라니?"

개마무사단은 맹훈련을 거친 정예군이라 거의 모든 병사들이 총을 다룰 줄 알았다.

일본군에게서 습득한 조총까지 합류시켜 사백이 넘는 조총들로 사격하자 위력이 대단했다.

성벽 위에서 쏘는 사격이다 보니 명중률도 높았다.

"우리도 대응 사격을 하라!"

성벽 밑의 일본 철포대도 위를 향해 사격을 시작했다.

방어하는 조선군도 사격을 받고 몇 명이 쓰러졌고, 일본군도 피를 흘리며 넘어졌다.

임진왜란 중에 본격적인 총격전이 벌어지는 특이한 상황이 발생한 것이다.

"성벽을 올라가자!"

재빠른 일본군이 사다리와 갈고리를 성벽에 걸치며 벽을 넘으려 시도했다.

"질려포통을 투하해!"

성벽 위에서 요강처럼 생긴 나무통이 떨어졌다.

쾅! 쾅! 쾅! 쾅!

"이게 뭐야?"

"연기가 나잖아? 악~! 내 눈~!"

나무통이 땅에 닿자 쇠붙이들을 토해내면서 폭발했다.

성벽 바로 밑에 근접해 있던 일본군은 많은 피해를 입고 뒤로 물러날 수밖에 없었다.

폭발 후에 나오는 연기도 일본군의 눈과 피부를 공격했다.

"역시 근접전에서 질려포통의 효과는 뛰어나군!"

그 장면을 바라본 정문부가 쾌재를 내질렀다.

화약과 능철을 안에 넣고, 독한 연기를 내뿜는 쑥까지 첨가시켜 만든, 조선 시대 수류탄 '질려포통'.

비록 백강이 현대 지식을 이용해 개량했다고 하지만 원래도 성능이 대단했다.

비격진천뢰나 질려포통, 화포 등, 조선의 화약 무기들은 현대적 지식으로 더 첨가시키지 않아도 될 정도로 훌륭했다.

다만 대량생산을 하지 못했고 장수들이 적절하게 사용하지 못해 꽃을 피우지 못했을 뿐이었다.

"화차를 발사하라!"

미래의 다연장포나 마찬가지인 화차. 충주성에는 10기 정도 배치되어 있었다.

수레에 수십 개의 철령전을 달아 화약으로 발포하는 무기.

연기를 내뿜으면서 철령전이 적진을 향해 날아가 타격을 주었다.

궁수병 50명이 한꺼번에 쏜 것보다 더욱 강력한 위력이었다.

"피해라! 피해!"

"화살비가 쏟아진다!"

난생처음 보는 조선 신무기의 향연에 왜군이 큰 피해를 입고 진열이 흩어졌다.

성벽을 오르는 병사들을 제외하고 뒷 열이 크게 어지러워 졌다.

"이때다! 성벽을 오르는 녀석들을 떨어트려!"

후방의 지원이 없는 돌격병들은 방어군의 밥이나 마찬가지였다.

화살을 쏘고, 끓는 물을 붓고 기와장을 던지고, 창을 찔러 기어오르는 왜군을 공략했다.

"전황이 아주 유리합니다."

군관 강문우가 백강에게 와서 보고했다.

확실히 백강이 보기에도 상황이 좋았다.

일단 서문, 남문의 고니시와 가토 군이 필사적으로 덤벼들지 않고 있었다.

멀리서 조총을 쏘고, 활을 쏘면서 견제를 하다가 기회를 보아 약간의 돌격만 하고 있다.

이 싸움에서 큰 피해를 입지 않고 성과를 올리겠다는 지휘자들의 속셈이 보였다.

그 방면의 지휘자인 김여물과 백강도 특급 장수들로 홀

류히 방어하고 있으니 무너질 가능성은 없었다.

문제는 북문이었다.

"나가마사가 만만치 않군."

북문의 구로다 삼번대는 맹렬하게 공성을 개시하고 있었다.

그는 백강과 대화를 나누지 않아서인지 일반 일본군처럼 용맹하게 공성을 지휘했다.

게다가 북문의 지휘관인 백례원과 이운룡은 경험이 많지 않은 초짜들이었다.

조총수와 포수의 지휘를 맡은 정문부도 그 방면으로 지원 조총수들을 많이 보내 방어를 해야 할 정도였다.

"북문에 화약을 더 지원해!"

"화포 두 문을 북문으로 이동시켜!"

한 시진(두 시간가량)정도 치열한 전투가 이어졌다.

성 밑에 일본군의 시체가 쌓여갔고 방어군도 부상자와 사상자가 속출했다.

일본군은 잠시 퇴각했다가 다시 공략하기를 두어 차례 반복하면서 방어군의 힘을 빼고, 총알, 포탄의 낭비를 유도했다.

"방어사 어르신! 탄알이 떨어져 갑니다! 질려포통과 포탄은 거의 바닥이 났습니다!"

정문부에게서 급한 전령이 달려왔다.

장기전을 준비하지 않았고 급히 방어진을 준비하느라 원래 화약과 탄알을 많이 준비하지 못했다.

"지금부터가 중요하다! 성 위에서 백병전을 준비하라고 전하라!"

"넵!"

"장수들과 병사들을 성벽 위에 배치시켜라! 기어오르는 놈들을 먼저 치고 올라온 녀석을 제거한다! 이를 악물어라! 조금만 더 버티면 우리의 승리다!"

"엇! 적들이 기어 올라왔습니다!"

"당황하지 마라! 내가 간다!"

최고 지휘관인 백강이 직접 장검을 빼어들고 일선으로 뛰어 나갔다.

막 기어오르는 일본군 두 명의 목을 한꺼번에 베어 버리고, 넘어져 있던 병사들을 일으켜 세우는 백강.

그의 활약으로 성벽의 장졸들이 더욱 힘을 냈다.

콰콰콰쾅~~~!

그때, 북문에서 땅이 흔들릴 정도로 큰 폭음이 일어났다.

"무슨 일이냐?"

백강이 놀라서 관문에 올랐다. 북문 방면에 시커먼 연기가 피어오르고 있었다.

"방어사 나리! 큰일입니다! 북문에서 남아 있던 질려포통이 오폭을 일으켜 화약들과 함께 폭발했습니다!"

우려했던 사고가 터지고 말았다.

청천회와 동방상단의 노력으로 훌륭한 화약 병기를 만들어 대량 양산해내긴 했지만 병사들의 교육이 따라주질 못했다.

정문부가 급히 훈련을 시키긴 했지만 결국 오폭을 일으켰다.

남아 있던 화약에 불이 붙어 큰 폭발이 일어난 모양이었다.

북쪽 성벽에 이변이 일어나자 구로다의 삼번대가 개미떼처럼 성벽에 달라붙어 올라오고 있었다.

이제 북문이 함락되는 건 시간문제였다.

"백례원과 이운룡은?"

"백 장군은 폭발에 휩쓸려 전사하셨고 이운룡 장군은 목에 중상을 입고 후방으로 이송되었는데 몹시 위중합니다! 북문이 점령되고 있습니다!"

지휘자들도 없으니 병졸들이 크게 흔들렸나보다.

실제 북문 위에 일본군의 깃발이 하나둘씩 올라서고 있었다.

병력 차이가 많이 나고 병졸들의 수준 차이가 크기 때문에 한 장소가 무너지면 모래성처럼 무너질 가능성이 컸다.

"김덕령 돌격장을 불러라!"

"넵!"

근처에서 예비군을 지휘하던 김덕령이 득달같이 달려왔다.

"방어사 나리! 나를 불렀어라?"

"북문이 적에게 함락당하기 직전이다! 네가 가서 탈환해라!"

"걱정 마소. 나가 후딱 가서 처리해버릴랑께."

"조심해야 한다! 사제!"

"암요~~!"

김덕령이 커다란 청룡도를 뽑아들고 팽배수들에게 지시를 내렸다.

"나를 따라와부러~!"

이천의 정예 팽배수들이 흉갑을 주먹으로 두드리면서 김덕령의 뒤를 따라 북문으로 향했다.

"북문에 우리 군이 올라갔습니다. 다른 성벽들도 무너지기 일보 직전이니 싸움이 마무리될 겁니다."

"그렇군. 고니시와 가토가 약간 무르게 공격하는 듯싶더니 우리가 북문을 차지하자마자 힘을 내는군 그래."

구로다 나가마사는 북문에 휘날리는 자신들의 깃발을 보면서 그렇게 평했다.

자신을 애먹였던 김해성처럼 충주성도 제법 잘 저항했지만 이제 싸움은 끝났다고 생각했다.

"응? 저기 무언가? 누군가 우리 군에 달려들고 있지 않

206

아?"

"그… 그렇습니다! 조선군 장수입니다! 굉장한 무용을 발휘하고 있습니다!"

북문 성벽이 거의 함락되었을 무렵, 김덕령이 도착을 했고 구로다의 시선에도 그가 보였다.

호랑이 가죽을 걸쳐 입은 그가 청룡도를 휘두르면서 일본군을 도륙하기 시작했다.

"이 싸가지 없는 새끼들! 우덜이 누구라고 감히 넘봐? 시방 니네는 다 죽은 기여! 나가 바로 너덜의 저승사자 무등산 김덕령 장군이랑께!"

부우웅~~!

가로로 청룡도를 그어 버리자 일본군 세 명이 갑주를 입은 채로 허리가 잘라져 버렸다.

무슨 일이 벌어지는지 멍해 있던 다음의 병졸은 김덕령의 주먹질 한 방에 얼굴이 박살 나서 성벽 아래로 떨어져 내렸다.

"저… 저것이 도대체 사람이냐?"

"장창부대! 장창 부대! 저 괴물의 앞을 막아라!"

일본의 장창은 조선의 것보다 훨씬 길어서 3미터에서 5미터에 가까울 정도로 긴 것도 있었다.

당시 일본군 하면 조총수를 생각하기 마련인데 사실 보병의 주력은 장창병들이라 해도 과언이 아닐 정도로 전체에서 사할이 넘는 대다수를 차지했다.

지금도 긴 장창을 앞세운 부대들이 김덕령의 앞을 가로막았다.

길이가 길기 때문에 아무리 장갑을 갖추고 뛰어난 무예를 가진 장수라도 위협적일 수밖에 없었다.

"시방 장난허냐? 요따위 수수깡으로 내를 막을 수 있을 듯싶은 겨?"

그러나 김덕령에게는 통하지 않았다.

청룡도를 허리에 감은 것처럼 돌리더니 풍차처럼 회전하면서 재주를 넘었다.

무거운 갑옷을 입고도 하늘을 나는 호랑이처럼 움직이는 엄청난 무예에 장창들의 중간대가 청룡도로 인해 차례로 잘려져 나갔다.

"이… 이게 뭐야?"

일본군의 어리둥절이 채 끝나기도 전에 땅에 착지한 김덕령이 쇄도해 들어갔다.

가까이 들어가자 잘라진 장창들을 들고 있는 일본군은 그를 막을 방법이 없었다.

당연히 그 다음부터는 살육의 시간이었다.

"덤비지 말랬지~! 까불지 말랬지~! 나가 누구라고? 무등산 김덕령이여~!"

태풍처럼 몰아치는 그의 청룡도질에 일본군들이 마구 썰

려 나갔다.

눈 깜짝할 사이에 혼자서 50명에 가까운 병졸들을 사망시켰다.

어디 이들이 보통 군사들인가?

전국시대 일본의 수많은 전쟁터를 누빈, 단병접전에서는 어디에서도 지지 않는다는 그들이다.

그런 그들이 맥없이 썰려 나가고 있었다.

"뒤… 뒤로 물러서……!"

"뒤가 어디 있다고 물러선단 말이야?"

성벽을 점령했다고 좋아하던 일본군들의 진열이 흔들릴 수밖에 없었다.

"김덕령 장군의 뒤를 따르자!"

"개마무사단! 진격!"

백강이 만든 방패 환도술을 이용해 천천히 전진하는 팽배수들.

마치 성벽이 천천히 다가오는 것처럼 방어가 단단했고, 다가서려 하면 환도가 튀어나와 적을 베거나 찔렀다.

좌우에서 동시에 압박해 들어가니 일본군들이 버틸 재간이 없었다.

"저… 저……."

전세를 보는 구로다 군의 장수들이 발을 동동 굴렀다.

용장 하나과 방패수들의 분전으로 점령했다고 생각한 성

벽에서 격퇴당하고 있었기 때문이다.

"철포수들을 성벽 밑에 집합시켜! 저 호랑이 가죽 장수부터 잡는다!"

구로다 나가마사가 직접 영을 내렸다.

호피 장수만 쓰러트릴 수 있다면 다시금 전세를 역전시킬 수 있다고 자신했다.

"워메~ 누가 비겁한 문어 새끼들 아니랄까봐 총을 쏴야~!"

조총수들이 모여 자신을 겨누었지만 김덕령은 전혀 겁을 먹지 않았다.

오히려 당당하게 성벽 위에 서서 조총수들을 무섭게 내려다보았다.

"성님! 위험허요! 뒤로 물러나랑께~!"

"문어 대가리들 조총에 쓰러질 나가 아니여! 걱정 말더라고."

최담령이 급히 말렸지만 김덕령은 여전히 가슴을 펴고 당당하게 서 있었다.

병졸들의 그의 모습을 보고 사기가 크게 올라 싸웠지만 너무 위험한 행동이었다.

"사격!"

철포대 백여 명이 일렬로 성벽 아래에 모여 김덕령 하나만을 노려 발포를 했다.

제아무리 하늘이 내린 신장이라도 이런 일제 사격을 버
텨낼 재간은 없었다.

당시의 갑옷이 방탄 기능이 있는 것도 아니었고.

"어림없당께~!"

신장처럼 서 있던 김덕령이 재빠르게 움직여 두 명의 왜
병을 자신의 앞으로 끌어 당겼다.

탕! 탕! 탕! 탕!

일제히 방포된 일본군의 총알들은 인간 방패가 되어버린
그 병사들 몸에만 수십 개의 구멍을 뚫어 버렸다.

김덕령은 개마무사단과 함께 총에 대해 연구했다.

이 정도 거리에서는 인간의 몸을 관통하지 못한다는 자
신감이 있었기에 일본군의 몸을 방패로 삼은 것이다. 끌어
들일 근처의 왜병을 미리 점찍어 놓은 것도 매우 치밀하였
다.

"으랏차차~"

그리고는 이미 숨을 거둔 인간 방패들을 번쩍 들어 성벽
밑으로 던져 버리는 김덕령.

"여기 있어봐라잉. 쪼까 내려갔다 올랑께!"

"성님! 지금 뭐라고⋯⋯?"

놀란 부하들이 말뜻을 알아듣기도 전에 김덕령의 신형이
성벽 아래로 사라져 버렸다.

"워메~! 이게 뭔 일이다냐?"

최담령과 개마무사단 병졸들이 득달같이 쫓아가 밑을 쳐다봤다.

떨어져 내린 줄 알았던 김덕령은 왜병이 걸어 놓았던 갈고리 줄을 타고 밑으로 내려가고 있었다.

비록 그냥 뛰어내린 건 아니지만 적들이 우글거리는 성벽 밑으로 내려가다니.

"나가 요로코롬 와부렀어~! 이 새끼들! 허벌나게 많구마잉~!"

"맙소사! 내려왔어! 저자가 내려왔다고!"

뛰어내리면서 벼락같은 소리를 지르는 김덕령이다.

괴물 같은 적군 장수가 뜻밖에 성벽 아래로 내려오자 조총수들이 혼비백산했다.

수성을 벌이던 적군 장수가 벽 아래로 내려오는 일은 제아무리 전란 시대의 일본에서도 찾아볼 수 없는 일이었다.

"시방 어딜 가려고? 도망 못 가제~!"

"으악~!"

뒷등 갑주에 찔러 넣었던 청룡도를 뽑아들고 길게 휘두르면서 왜병들을 마구 쓰러트린다.

백병전 병력이 아닌 조총수라서 더욱 속수무책으로 당할 수밖에 없었다.

몇 명이 총을 쏘았지만 비호보다 빠르게 피한 김덕령이 그들의 몸을 청룡도로 꿰뚫어 버림으로 보답을 해 주었다.

"성님! 이게 그만하씨오! 싸게 올라오랑께요!"

무인지경으로 날뛰고 있는 김덕령이지만 위에서 보기엔 너무 위험했다.

수하들이 목청 높여 올라오기를 권했고, 궁수들이 최대한 그를 엄호했다.

"저놈을 죽여! 죽여라!"

왜병들이 공격이 성 아래의 김덕령에게 집중되었다.

특히나 전방에서 백 명이 넘는 군졸들이 그에게 몰려오고 있었다.

"슬슬 올라가 볼까나?"

몸을 돌린 김덕령이 청룡도를 성벽을 향해 던졌다.

쾅!

커다란 청룡도가 먼지를 날리며 돌 틈에 깊이 박히자 김덕령이 창대를 잡고 재주를 넘었다.

"으랏차차~!"

재주를 넘은 후에 뛰어나온 바위를 발로 찬 다음, 사다리를 잡아 버리는 김덕령.

그 다음에는 다람쥐가 나무에 올라가는 것처럼 신속하게 손발을 놀려 성벽 위로 올라가 버렸다.

"방금 봤어?"

그가 성벽 위에 서자 그곳에 남아 있던 왜병들 십여 명이 놀란 눈으로 그를 쳐다봤다.

손에 무기가 없으니 일제히 공격하면 당할 수도 있는 위기였다.

그렇지만 김덕령은 고리눈을 부릅뜨면서 오히려 그들에게 호통을 터트렸다.

"너덜이 아직까정 여기 있냐잉~!"

귀청이 터져 나갈 것 같은 호통소리에 십여 명의 왜병들이 일제히 성벽 아래로 몸을 날렸다.

운이 좋아도 두 다리가 전부 부러지거나 아니면 사망할 만한 높이였는데도 불구하고 망설이는 왜병은 하나도 없었다.

"돌격장 어르신! 돌격장 어르신이 돌아오셨다!"

"밑에 내려가서 조총수들을 전멸시키고 돌아오셨어!"

"김덕령 장군님이 있는 한 우리는 지지 않는다!"

믿기지 않는 김덕령의 무위를 본 조선군은 사기가 하늘을 찌를 듯이 올라갔다.

반대로 일본군은 기가 팍 죽은 것은 말할 나위도 없다.

성벽 위의 병사들이 힘을 내어 일본군을 밀어냈고 결국 북문을 탈환하는 데 성공했다.

이날 재주를 넘고, 충주 성벽을 오르락내리락한 엄청난 무용을 보인 김덕령에게는 익호장군(翼虎, 날개 달린 호랑이 장군)이라는 별명이 붙게 된다.

"담령아."

"야. 성님."

병사들의 환호성에 손을 흔들며 화답하던 김덕령이 조용히 최담령을 불렀다.

"니가 지휘 좀 맡아야 쓰겄다."

"네? 성님 혹시……."

그제야 최담령이 놀라서 김덕령의 몸을 살폈다.

옆구리와 어깨에서 붉은 선혈이 흘러나와 갑옷 안의 의복을 적시고 있었다.

"성님! 이건……?"

"암씨랑 않아. 호들갑 떨지 마러."

"총상인데 어찌 암씨랑 않아요? 당장 후방으로 가서 의원한테……."

"치명상은 아니여. 나가 빠지면 군병들이 동요할 수도 있잖여. 쪼까 뒤에서 쉴 텐게 네가 지휘혀."

"알았어라. 뒤로 빠지씨오. 내한테 맡기고요."

총을 맞은 사람 같지 않게 성큼 성큼 걸어서 북문 전망대에 오르는 김덕령이다.

그는 의자를 놓고 앉아서 전투가 끝날 때까지 구두로 지휘를 하고 있었다.

갑옷을 벗는다든지 인상 한 번 찌푸리는 일 없이 말이다.

"방어사 나리! 북문을 탈환했습니다!"

"나도 보았다. 덕령이가 해냈어!"

천리통을 통해 북문에 휘날리던 왜국 기들이 전부 사라졌다는 걸 알고 있는 백강이었다.

구로다의 삼번대도 기세가 죽어서 엉거주춤 물러나는 모양새를 취하고 있었다.

"나머지 왜군들도 적극적으로 덤벼들지 않고 있습니다."

"맞아. 북문이 무너지지 않자 고니시와 가토도 군을 물리고 있어."

충주성이 무너질 것 같자 사납게 덤벼들었던 고니시와 가토 군.

북문이 다시 조선 방어군의 수중에 들어가자 슬금슬금 진영을 뒤로 물렸다.

"전세가 우리한테 기울었다. 전군에 전령을 보내 우리가 유리함을 알리고 기운을 내라고 전해라! 전투의 끝이 멀지 않았다."

"넵!"

북문에서의 싸움이 충주 방어전의 백미(白眉)였다.

그곳에서 승리를 거두자 일본군의 기세가 눈에 띄게 줄어들었다.

뿌우~~~

적진에서 나팔 소리가 울린다.

일각도 지나지 않아 일본군들이 부상자들을 이끌고 일제

히 퇴각했다.

전사자의 유체도 챙기지도 못하는 초라한 몰골이었다.

"놈들이 물러간다!"

"우리가 이겼다! 우리가 이겼어!"

"백강 방어사 나리가 해냈어! 해냈다고!"

충주성의 군민들이 퇴각하는 일본군들을 보며 환호성을 터트렸다.

백강도 깊은 한숨을 내쉬면서 안도를 했다.

"당장 성벽을 돌아다니며 위급한 곳이 있나 둘러보고 피해상황을 파악해 보고하도록! 사상자 수도 알아보고!"

"넵!"

"남은 화약과 탄알, 무기를 파악해 오도록!"

"넵!"

안심도 잠시뿐, 백강은 후속 처리를 지시하면서 들뜬 마음을 다 잡았다.

백강의
제국

떨어진 화살

"당신들은 도대체 싸우고자 하는 뜻이 있는 게요?"

일본군 막사에서는 내홍이 일어났다. 고니시와 가토를 보자마자 구로다가 신경질을 터트린 것이다.

"이게 왜 이러십니까? 혼자 싸운 것처럼. 우리 군도 최선을 다했어요."

"고니시는 모르지만 우리 이번대는 사상자도 많습니다. 오해하지 마세요."

고니시는 원래 그렇지만 가토마저 능글맞게 대꾸했다.

"우리 군이 북문에서 악전고투를 하는 동안 당신네들이 서문과 남문에서 어영부영한 걸 내가 모를 줄 아시오?"

"어영부영이라니! 말조심합시다. 조령에서부터 갖은 고생을 해 온 우리 일번대요. 전공도 가장 으뜸이고요."

"오늘 잠시 물러났다고 하여 나가마사 공이 화가 많이 난 것 같구만. 그만 진정하고 대책을 마련합시다."

"그냥 넘어갈 생각들 마시오! 내 오늘 일은 잊지 않겠소! 흥!"

화가 풀리지 않는지 구로다는 안색이 풀리지 않았다.

그는 이번 충주성 전투에서 농락당한 사실을 잊지 않고 도요토미 히데요시에게 항의문서를 보내고 고니시, 가토와 척을 지게 된다.

훗날 구로다 가문 전체가 그들을 배신하게 되는 단초가 되는 셈이었다.

"충주성의 조선군이 제법 맹렬하게 저항했습니다. 앞으로 어쩌면 좋겠소이까?"

쉽게 화해가 되지 않자 승려인 겐소가 나서서 화제를 바꾸었다.

"그깟 놈들 하루를 버티긴 했지만 문제없소이다. 며칠 동안 다시 정비해서 쳐들어가면 단숨에 점령할 수 있소. 그때, 모조리 죽여 버립시다."

가토는 전혀 문제될 것이 없다는 투였다.

"군량 문제도 있고 하니 후속 지원군을 기다리면서 장기전으로 가는 것이 어떻겠소이까?"

이번에는 느긋한 고니시의 발언이다.

그도 이미 전쟁터에서 마음이 떠나 있었기에 아무 소리나 내뱉고 있었다.

장기전은 본국의 태합도 바라지 않는 바였다.

조선의 일본군들에게도 이로울 게 없다는 걸 모르는 사람이 없었다.

"장기전이라도 당치도 않은 소리요. 당장 공성탑을 대량으로 만들고 적의 대포 같은 것을 구해서 공략해야 하오. 그도 모자라면 땅굴을 파서라도……."

"전령이 도착했습니다."

본격적인 군략이 시작되려는 찰나, 막사 바깥에서 보고가 들렸다.

"보고를 해 보라."

"하잇."

매우 초라한 몰골의 전령이 보고를 시작했다.

보고가 끝나자 막사 안에는 무거운 공기가 가라앉았다.

곧 침울함이 뒤덮여 버렸다.

* * *

충주성 방어전이 끝나자 금방 노을이 졌다.

아침부터 시작한 전투가 주간 내내 이어진 셈이었다.

왜병이 진을 물리고 뒤처리가 끝나자 백강은 장수들을 모아 곧바로 군사회의를 열었다.

관청에 모인 장수들은 극적인 승리로 인해 상기된 표정들을 하고 있었다.

"우리 군사는 천여 명이 사망했고 그 갑절 정도가 다쳤습니다. 그렇지만 적군은 우리보다 세 곱절은 더 많이 상한 것 같습니다. 대승입니다. 방어사 나리!"

정문부도 기쁜 낯으로 보고를 올렸다.

그러나 백강의 표정은 그리 밝지 않았다.

"화약과 탄알은?"

"그것이… 거의 바닥났습니다. 질려포통도 떨어졌습니다."

"김여물 나리. 화살은 어떻습니까?"

"모두 소진하였네. 이번 전투에 버틴 것만으로도 천운이었어."

이번 전투에서 조총, 화포를 많이 동원했지만 아무래도 조선의 주력 무기는 활이었다.

화살이 떨어졌다는 김여물의 이야기에 모두의 안색이 굳어졌다.

"왜군이 많이 상했습니다. 그들이 감히 다시 쳐들어올는지요?"

"지원 병력이 부산포 앞에 많이 상륙했다. 지원이 도착한다면 다시 오겠지.”

들떴던 분위기가 가라앉았다.

“놈들이 다시 온다면 현실적으로 막기 어렵습니다. 원거리 병기가 모두 소진되었으니 백병전만으로 겨루어야 하는데 우리 병졸들은 단병접전에 익숙하지 않습니다. 가뜩이나 병력도 네 배 차이가 넘고요.”

정문부가 보고하자 백강이 웃는 낯을 하며 고개를 끄덕였다.

분위기가 너무 저하되어서 올릴 필요성을 느꼈다.

“그렇다면 다시 무찌르면 되는 것 아니겠는가? 정 군사는 너무 걱정 마시게.”

“하오나…….”

“자! 부상병은 후방으로 이동시키고 다시 방어태세를 준비함세. 양민 중에서도 장정을 선발하여 장창을 다루게 가르치고. 기와와 돌, 기둥, 심지어는 벼루라도 던질 수 있는 모든 걸 징발해 오게. 최대한 놈들의 도성을 막으면서 올라오는 것들이 있으면 방패와 장창을 이용해서 막으면 되네. 지금부터 당장 그 훈련을 실시하도록 하자고.”

“알겠습니다. 방어사 어른!”

“오늘밤엔 혹시나 놈들의 야습이 있을지 모르니 경계병을 두 배로 늘리고 장수들이 철저히 점고를 하게. 싸움이 끝나 피곤한 틈을 노릴 수 있네.”

"넵."

여러 가지를 주의시키고 훈련 계획까지 직접 만들어 배포한 이후에야 백강은 회의를 파했다.

그리고 급한 걸음을 어디론가 향했다.

"사제! 괜찮은가?"

그가 서둘러 간 곳은 김덕령이 누워 있는 침상이었다.

사형이 들어오자 누워 있던 김덕령이 몸을 일으키려 하였으나 백강이 얼른 그를 다시 눕힌 다음에 부상부위를 살폈다.

약을 바르고 붕대를 감아 놓았지만 피가 많이 흘러서 안색이 창백했다.

"바쁘실 턴디, 뭣 땜시 여기까지 왔서라? 암씨랑 않으니까 걱정 마씨오."

억지로 웃어 보이는 김덕령.

"총에 맞았는데 아무렇지도 않을 리가 없지. 성 아래까지 내려가서 전투를 벌였다면서? 어째서 그런 무리를 하였어?"

"왜군들이 너무 기세등등해서 쪼까 무리를 했땅께요. 우덜이 확실하게 성벽을 탈환하려면 어쩔 수가 없었제요."

"내가 상처 좀 봄세."

직접 붕대를 풀고 보살피는 백강이다.

박힌 총알은 이미 제거했고 약초도 꼼꼼히 잘 발라져 있

226

는 걸 확인하고 나서야 안심을 한다.

그만큼 사제를 위하는 마음이 컸다.

"다행히 깊이 박히지 않아서 장기가 상하지 않았네. 잘 치료하면 후유증 없이 나을 수 있을 거야."

"일 없어라. 오늘 푹 쉬고 내일부터는 일어날 텐 게 걱정 마씨소."

"큰일 날 소리! 적어도 열흘은 자리 보존해야 하네! 성급히 움직였다 덧나기라도 하면 그때는 목숨을 잃을 수도 있다는 걸 왜 몰라?"

"싸움이 한창인데 어째 내만 누워 있는다요? 싸게 싸게 일어날 수 있당께요."

"무조건 치료를 해! 이건 방어사로써의 명령이야! 움직일 생각하지 마! 초병을 두 명 붙여 놓아 자네를 감시하겠어! 만약에 내 명령을 어기고 일어날 시에는 초병들의 목을 칠 테니까 알아서 하게!"

"아따~! 사형~!"

"농담 아니야! 전쟁이 이제 시작인데 천하 용장인 자네가 벌써 쓰러지면 어쩌란 말인가? 어째서 앞일을 보지 못해?"

"시방 충주성을 지키지 못하면 앞일이 없으니께 그러제요……."

기어들어가는 목소리로 대답한다.

부상당한 김덕령도 충주성이 위기에 처했다는 걸 누구보다 잘 알고 있었다.

"사제는 나를 못 믿는가? 기필코 성을 지켜 낼 테니 자네는 몸 관리나 철저히 하게. 앞으로 자네의 활약상이 꼭 필요하니 확실하게 나아야 하네."

"알았당께요……."

"걱정 말게. 우리가 반드시 승리할 테니."

김덕령의 손을 꽉 잡아주는 백강이다.

굳은살과 피범벅이 되어 있는 그의 손아귀를 보면서 마음이 더 짠해졌다.

* * *

왜병도 피해가 막심한 탓인지 야습은 없었다.

새벽이 지나 붉은 해가 떠올랐는데 전쟁이 아니라면 정말 기분 좋은 아침이었다.

공기도 청량하고 밤사이의 냉기도 냉큼 몰아내 버릴 정도로 따뜻한 햇볕이었다.

잠자리가 벌판을 따라 평화로이 날아 다녔다.

버려진 칼과 부러진 창 그리고 파랗게 질려 버린 시체들과는 사뭇 다른 광경이었다.

충주성에서는 난장판이 된 성벽을 정리하고 병사들을 점

고하면서 바쁜 장수들.

"어? 왜군 진영이 조금 이상한데?"

"그러게? 깃발만 있는 것 아닌가?"

"어서 방어사 나리에게 알리자고!"

병사들이 먼저 이상한 걸 발견했고 장수들이 와서 천리통으로 확인을 해본다.

이어 백강에게도 소식이 들어갔다.

"천리통을 줘 보게!"

서둘러 달려온 백강이 충주성에 있는 것들 중에 제일 좋은 천리통으로 왜군 진영을 살펴본다.

정말 장수들의 보고대로 왜군 진영에 버려진 깃발과 쓰레기들만 보이고 적군의 행방은 보이지 않았다.

"백 장군! 혹시 왜적이 퇴각한 것 아니겠소?"

침착한 노장인 김여물마저도 기쁜 표정을 감추지 못하고 묻고 있었다.

"혹여나 왜적의 유인책일 수도 있습니다. 확실해질 때까지는 성문을 성급히 열면 안 됩니다. 여봐라~!"

백강도 가슴이 떨렸지만 애써 숨기면서 기마병들을 통해 정찰 명령을 내렸다.

"방어사 나리! 달천 평야에는 왜적은커녕 쥐새끼 한 마리 보이지 않습니다!"

"확실한 것이렷다!"

"벌써 세 번이나 둘러보고 오는 길입니다. 소장의 목을 걸겠습니다."

그래도 안심이 되지 않는 백강은 정문부와 개마무사단을 소환했다.

"자네들이 조령, 죽령, 추풍령을 살펴보고 오게. 적들이 계곡에 숨어 있다가 나올 수 있으니 극히 조심하도록 하고."

"그곳에도 없으면 아예 적진을 정탐하고 돌아올까요?"

"그리할 수 있겠나?"

"맡겨 주십시오. 저 곳의 지리는 이미 우리 손바닥 안 아닙니까?"

정문부가 당차게 대답하고 산길에 능한 개마무사단 대원들을 차출했다.

다섯 명씩 열 개 조나 편성을 하여 각자의 길로 정탐을 떠나는 대원들.

백강은 정탐조들이 돌아오기까지 헛된 소문을 퍼트리지 말라고 군율로 명해 놓았다.

"아직 돌아오지 않았느냐?"

"아무도 돌아오지 않았습니다."

초조한 하루였다.

정탐조들은 험한 산을 구석구석 정찰하고 오는 모양인지 쉬이 돌아오지 않았다.

하긴 백강 자신도 깊은 계곡에 숨어 있다가 적을 급습한 전력이 있으니 적도 그러지 말라는 법이 없었다.

"방어사 나리! 정탐조가 돌아왔습니다!"

이튿날 정오가 다 지나가서야 첫 번째 정찰조가 돌아왔다.

"조령을 구석구석 살펴보고 왔나이다! 왜적은 보이지 않았습니다. 대신……."

"대신?"

"승려 영규가 이끄는 승병들이 오백 정도 있었습니다. 그들에게 철수 명령을 내려놓고 우리는 급히 돌아왔습니다."

"승병 오백이라? 서산대사께서 우리를 위해 도움을 보내셨군. 덕택에 고니시를 막아낼 수 있었던 거였어."

수수께끼는 풀렸지만 왜적이 보이지 않는다는 정탐 결과는 막힌 가슴을 뚫어주지 못했다.

연이어 정탐조들이 계속하여 귀환하여 보고하였다.

"추풍령까지 다녀왔으나 왜군은 보이지 않았습니다."

"죽령도 없었습니다. 양민들은 모두 숨어 있거나 피난을 간 모양인지 물어볼 사람이 없었습니다."

"이화연과 깃대봉까지 둘러보았지만 적은 보이지 않았습니다."

정탐조들의 보고는 한결 같았다. 왜군이 사라졌다는 거

였다.

"이게 어찌 된 일일까요? 설령 아침에 퇴각을 했더라도 정탐조들이 찾지 못할 정도로 멀리 퇴각한 것은 아닌데 말입니다."

"적들은 대군입니다. 이리 꽁꽁 숨을 수가 없을 터인데?"

그제야 김여물과 다른 장수들도 이상한 점을 발견하고 고개를 갸웃댔다.

삼만이 넘는 대군이 이리 빨리 퇴각할 수는 없는 일이었다.

그것도 이동하기 힘든 산길을 따라갔을 텐데 말이다.

"혹여나 강을 건너 한양을 향해 진격한 것은 아닐는지요?"

"우리한테 그리 많은 피해를 입고 앞으로 진격했다고? 그럴 리가 없네. 그건 자살행위야."

"아직 정문부가 돌아오지 않았습니다. 그는 확실한 결과를 가지고 올 겁니다."

아홉 조가 돌아왔지만 정문부만은 돌아오지 않았다.

백강은 치밀한 성격의 그가 적정을 정확하게 탐지할 거라고 믿어 의심치 않았다.

"군사는 아직인가?"

"보이지 않습니다. 천리통으로 계속 살피고 있습니다

요."

하지만 정문부는 밤새도록 기다려도 돌아오지 않았다.

혹시나 적군과 조우하여 전사한 것은 아닐지?

적에게 생포당한 것은 아닐지?

백강은 한 잠도 자지 못하고 초조한 심정으로 그의 귀환을 기다렸다.

정문부의 정탐조는 그 다음 날, 그것도 미시 정각(14시) 도착을 했다.

"사제! 무사히 돌아왔구만!"

"걱정 끼쳐드려서 죄송합니다. 적정을 정확하게 파악하려다 보니 늦었습니다."

늘 정갈한 차림의 정문부가 매우 흐트러진 모습을 하고 있었다.

그만큼 급히 움직였다는 반증이었으니 그가 늦게 왔다고 나무랄 수는 없었다.

"어찌 되었나? 적군을 발견하였나?"

"그렇습니다. 발견했습니다."

"다른 정탐조들은 모두 실패하였네. 도대체 왜군들이 어디에 숨어 있었나?"

"숨어 있는 것이 아닙니다. 왜병들은 모두 철수하여 문경에 진을 꾸렸습니다."

"뭣이? 문경에? 그럴 리가 없어! 언제 거기까지 철수했단 말인가?"

"제 두 눈으로 똑똑히 확인하였습니다. 고니시의 일번대, 가토의 이번대, 구로다의 삼번대가 모두 모여 있었습니다. 병력수까지 꼼꼼히 세어 보았습니다. 틀림없는 적의 전군이었고, 별동대 따위는 존재하지 않았습니다."

"믿기 힘든 일일세. 저 험한 산을 날아갔단 말인가?"

"그것이 아닙니다. 전투가 끝난 다음, 곧바로 퇴각을 한 모양입니다."

"뭐라고?"

충주성 전투가 끝나자마자 철수를 했다면 멀리까지 가 있는 것이 이해가 되었다.

그렇지만 용맹하기 그지없는 일본군이 한 번 싸우고 곧바로 퇴각했다는 사실은 이상했다.

"아마도 청천회 동지들의 노력 덕분이 아닐는지요."

작은 소리로 의견을 개진하는 정문부이다. 그제야 백강도 동의한다는 뜻으로 고개를 끄덕였다.

"장수들을 집합시켜라! 적이 문경으로 달아났다. 우리 군의 승리다!"

"우리의 승리다! 왜놈들이 철수했대!"

"방어사 나리가 해낸 거야! 해낸 거라고!"

"살아남았어! 이 왜놈들! 우리를 해칠 수 있을 듯싶었더냐?"

이제는 승리가 확정되었다.

안심한 백강이 지시를 내렸고 곧 성 안에 환호성이 터져 나왔다.

성문을 열고 칼, 창, 갑옷 등의 전리품을 챙겼고 가뜩이나 부족한 화살도 주어왔다.

산맥으로 경계병을 보내 적의 기습을 대비하는 일도 잊지 않았다.

"방어사 나리! 방어사 나리! 큰일 났습니다!"

"적이 물러났는데 무슨 큰일이 있단 말이냐?"

"북에서 대군이 나타났습니다!"

"뭣이?"

승리의 기쁨이 채 끝나기도 전, 새로운 보고가 올라왔고 성 내에 긴장감이 다시 깔렸다.

백강이 관문에 올라 천리통으로 나타난 군사를 살폈다.

남한강 건너 군사들이 새카맣게 가득 차 있었다.

"왜적인가?"

옆에 있는 김여물이 초조한 목소리로 물었다.

다른 장수들도 안절부절못하며 결과를 기다렸다.

북에서 왜적이 나타났다면 한양은 이미 점령당했다는 뜻, 이 나라는 가망이 없었다.

"조선의 깃발입니다! 지원군이 도착을 했어요!"

"와~~~!"

천리통을 통한 백강의 눈에 조선의 군기가 똑똑히 보였다.

달천 평야 들판에 가득 차 있는 깃발과 군대는 조선의 것이다.

조선은 아직 쓰러지지 않았다

　충주성 문이 크게 열리고 백강과 주요 장수들이 말을 몰고 나왔다.

　지원을 온 군사를 마중 나가기 위함이었다.

　"아니? 저분은?"

　눈이 밝은 백강이 제일 먼저 주장(主將)의 정체를 밝혀냈다.

　그가 얼른 달려가 말에서 내려 군례를 올렸다.

　"이게 누구십니까? 대군 나리가 어째서 여기까지?"

　화려한 금색 갑옷을 입은 젊은 주장(主將)은 왕자 광해군이었다.

그가 밝게 웃으며 말에서 내려 백강의 손을 잡았다.

"반갑구려. 이리 무탈한 모습을 보니 다행일세."

"저도 마찬가지입니다. 대군 나리."

"대군이 아닐세. 이제 세자 저하라고 불러야지."

옆에서 충고를 하는 이는 찰갑(쇠붙이 등을 이어붙인 갑옷, 류성룡이 입었던 찰갑 유물이 현대까지 남아 있다)을 입은 류성룡이다.

그를 본 것도 반가웠지만 광해군이 드디어 세자가 되었다는 소식은 더욱 반가웠기에 백강이 얼른 절을 올렸다.

"감축드리옵니다! 세자 저하!"

"일어나시게. 국난에 처했는데 감축은 무슨?"

"송구하옵니다. 세자 저하!"

"자네가 조령에서 이레 동안 혈전을 펼쳐서 적의 진군을 막았고, 충주성에 입성하여 적의 사만 대군을 막아낸 건 이미 알고 있네. 서애 대감과 함께 서둔다고 서둘렀지만 늦게 와서 도움이 되지 못해 미안하구만 그래."

"당연히 해야 할 일을 했을 뿐이옵니다!"

"그렇지 않아. 자네가 조선을 멸망의 위기에서 구했어. 충주가 돌파당했으면 한양도 쑥대밭이 되었을 거야."

투구를 쓴 광해군의 모습이 아직 어색했지만 그의 얼굴은 앞으로의 책임감으로 가득했다.

"자! 우리 자세한 이야기들은 입성하여 하도록 하지. 군사들도 안으로 들이도록 하고."

"명을 즉시 이행하겠나이다!"

군사를 휘몰아 충주성으로 향하면서 류성룡과의 대화 등을 통해 대충의 상세를 파악하는 백강이다.

충주 지원군은 약 오만 이천의 병력.

세자가 된 광해가 직접 주장이 되어 왔고 문신으로는 류성룡, 이항복, 이덕형이 도원수 자격으로는 김명원이, 장수로는 유극량, 신할, 황진, 김응서, 고언백, 신각 등이 참전해 있었다.

탄금대 전투에서 달아난 이일이 어색한 표정을 하고 뒤에서 군을 이끌고 있는 모습도 보였다.

"드디어 세자 책봉이 되었군요."

틈을 보아 백강이 이항복에게 물었다.

"이일 장군의 패전 소식이 전해지자마자 일사천리로 진행되었습니다. 상감마마는 일단 평양으로 몽진하셨고 곧바로 대군을 세자마마로 임명하여 분조를 만들었습니다."

분조는 임시로 만든 조정이다.

선조는 자신의 안위가 위협받자 평양으로 재빠르게 몽진하면서 그동안 미뤄 두었던 세자 책봉을 하여 분조를 만들어 내려 보냈다.

광해는 중전이 아닌 안동 김씨의 소생으로 자질은 인정되었으나 세자로는 책봉이 되지 못했는데 이번 기회에 세자에 자리에 오르게 된 것이다.

"역시 우리의 예상대로군요."

"허허. 말은 똑바로 하셔야죠. 백 도령의 예상대로지요."

"그렇다면 지금은 세자 저하가 이 전란의 책임자이자 국왕입니다. 맞지요?"

"상감마마의 마음이 언제 변할지 모르니 이번에 우리의 입지를 다져 놓아야 할 겁니다."

원래 임진왜란 때도 선조는 재빠르게 한양수호를 포기하고 의주까지 몽진했다.

그리고 광해군을 세자로 임명하여 분조를 이끌고 전쟁을 수행하도록 시킨 바가 있었다.

그러한 역사적인 사실을 바탕으로 백강은 청천회 회원들과 함께 광해군과 친밀함을 쌓아 놓았고 전쟁 준비도 그를 통해 해왔다.

분조가 만들어지자마자 청천회 회원 관리들은 발 빠르게 움직였다.

북방군과 지원군을 끌어 모아 대군을 만들었고, 동방상단의 자금을 이용해 군량과 군비를 마련했다.

특히 오랜 세월 동안 모아두었던 대도, 활, 화살, 조총, 화포, 비격진천뢰, 질려포통 등의 병기들을 모두 가져왔다.

백강이 심혈을 기울여 키운 개마무사단 나머지 삼천의 병력도 내려와 군세에 참가하였다.

"아미타불. 백 도령, 아니 백 장군. 정말 수고가 많으셨소."

민머리와 승복만 아니라면 장수라고 해도 괜찮을 정도로 기골이 장대한 스님이 다가왔다.

"사명대사님도 오셨군요."

거마를 타고 다가온 이는 서산대사와 함께 조선 불교계를 이끌고 있는 사명대사였다.

지금은 조끼처럼 생긴 철엄심갑을 걸치고 몇 척에 달하는 커다란 창을 들고 있기에 영락없이 천하 대장군 같은 모습을 하고 있었다.

"오천의 승병을 이끌고 합류하였습니다. 스승님(서산대사)께서 삼천을 더 이끌고 남하 하실 겁니다."

"대단한 병력이군요. 그동안 승병들을 이렇게 많이 모으시다니요."

"모두 승려들은 아닙니다. 속가제자와 신자들도 참여하였지요."

"미리 언질 드린 대로 승병 여러분은 최전선에서 선봉 장창병 등의 역할을 하여 싸워 주셔야 합니다. 괜찮으시겠습니까?"

"이미 나라와 민족 그리고 우리의 신앙을 위해 분연히 일어났습니다. 힘껏 싸우는 일이 살생을 덜 하는 길이라고 스승님과 논의를 마쳤습니다."

현재 조선군 중에 가장 무예가 뛰어난 부대가 승병이었다.

서산대사와 사명대사가 전란을 대비해 꾸준히 수련을 시킨 탓도 있지만 원래 산속에 있는 조선 절에서는 불경과 함께 무예를 익히는 호국 불교가 발달하였다.

가뜩이나 단병접전에 강한 일본군과 정면에서 맞붙을 수 있는 정예군인 셈이다.

"제때에 영규 대사님을 보내 주셔서 위기에서 벗어날 수 있었습니다."

"저야 뭘 했겠습니까. 전부 스승님의 혜안이시지요."

합창을 하면서 스승에게 공을 돌리는 사명대사이다.

"저도 왔습니다. 백 장군님. 헤헤헤."

능글맞게 웃으며 인사를 하는 이는 허균이었다.

사명대사와 더 이야기를 나누고 싶었던 백강이 안 좋은 기색을 보였다.

"그대도 왔는가? 관복을 입고 있구만?"

"군량과 군비를 약간 댔더니 벼슬자리를 내려 주더군요. 앞으로는 제가 옆에서 뫼시겠습니다."

"자네는 현장 체질이 아니잖는가."

"이거 섭섭하게 왜 이러십니까? 제가 북방에까지 찾아

갔던 일을 벌써 잊으셨는지요?"

"그래서 우리 부대에 참가하려고?"

"큰 공을 세운 나리는 이제 별장 따위가 아닙니다. 적어도 당상관이 되어 일군을 거느리게 될 겁니다. 군대의 규모가 커졌으니 당연히 지원을 하는 관리가 더 필요해 질 터. 제가 정문부 군사처럼 측근이 되어 돕도록 하겠습니다."

맞는 말만 하지만 왠지 얄미운 기분이 들어 백강이 그에게 눈을 흘겼다.

"그런 눈빛으로 보지 마십시오. 나리는 그만한 공을 세우셨으니 자격이 있다는 말씀이지요."

"여하튼 자네는 그 입을 조심해야 하네."

"여부가 있겠습니까? 저는 나리에게만 속내를 털어 놓습니다."

성내에 군사들이 입성하자 충주성 군민들이 기뻐서 울음을 터트렸다.

특히 세자 저하가 직접 나타나 그들을 위무하자 사기가 하늘을 찌를 듯해서 춤을 추고 노래를 불렀다.

장수 뿐만 아니라 지원 온 병사들에게도 절을 올렸다.

"충주성을 지킨 조선의 백성들이여! 그대들의 공을 치하하는 바이다!"

광해가 모두 모인 앞에서 칼을 뽑아들고 승리를 축하했

다.

그는 왕실의 법도와 왕세자로써의 근엄함을 버려두고 백성들과 직접 소통하는 파격적인 행보를 걸었다.

류성룡과 백강을 비롯한 측근들의 조언을 적극적으로 받아들였다.

"앞으로 삼 년 동안 충주 군민의 세금을 감면하고 그대들의 충절과 용맹을 기리는 비석을 세울 것이니라! 고생 많았다!"

백성들이 모두 절하면서 크게 기뻐했다.

난생처음 보는 세자 저하를 우러러 보고 존경하게 되었음은 두말할 필요가 없었다.

시상은 여기에서 끝나지 않았다.

"그대들이 오늘 승리할 수 있게 한 일등 공신이 누구던가?"

광해가 큰소리로 묻자 군사와 백성들이 한 목소리로 답했다.

"백강! 백강 장군님입니다!"

"방어사 나리가 없었다면 우리를 모두 죽었습니다!"

"아니다! 이제 백강은 방어사가 아니니라!"

광해의 공언에 좋아하던 백성들이 어리둥절해했다.

"백강 충주 방어사를 충주 목사 겸, 충청도 병마 절제사로 임명하는 바이다! 이제 병마 절제사로 부르라!"

"와~~~~!"

"세자 저하! 그와 같은 중임을 맡을 수 없나이다!"

깜짝 놀란 백강이 자리에 엎드려 빌었다.

"이미 결정을 내렸으니 공은 거절하지 말게! 앞으로 전쟁을 이끌기 위해서는 이 정도는 되어야지!"

군민들이 다시 환호성을 터트렸다. 김여물을 비롯하여 다른 장수들도 합당한 상급을 받았지만 백강은 특히나 대단한 승진을 하였다.

병마 절제사라면 정3품의 무관직인데 백강의 실제 나이가 겨우 약관에 불과하니 조선 역사상 최초라 하겠다.

"오늘은 먹고 마셔라. 너희들은 그럴 만한 자격이 있다!"

오만 이천의 군사는 급히 내려오느라 지친 상태였다. 격전을 펼친 다음에 긴장 속에 대기하던 충주성 군민들도 피곤하긴 마찬가지였고 말이다.

때문에 세자가 입성한 첫날은 충주성 군민들을 위로하고 승전을 축하하는 의식만 치렀다.

군량고를 열어 푸짐하게 먹였고, 술과 고기를 나누어주었다.

여기저기에서 노래 소리와 피리 소리가 울렸고 춤을 추는 이들도 많이 보였다.

전쟁이 벌어진 후에 처음으로 마음을 놓고 쉴 수 있는 시간이었다.

하루를 푹 쉬고 다음 날은 새벽부터 관리와 장수들을 소집하여 군사회의를 열었다.

먼저 백강이 지금까지의 경과와 전과를 보고 올렸다.

"…그리하여 적이 물러났습니다. 장수 정문부의 정탐에 의하면 왜군의 세 군단은 문경에 진영을 꾸리고 쉬고 있습니다. 현재 경계병들을 배치하여 만에 하나 있을 기습에 대비하고 있습니다."

"잘 알았네. 역시 자네들이 수고가 많았어. 신립 도순변사가 패전하고 전사하였는데도 불구하고 나머지 장수들이 합심하여 잘 막아내었어. 자네들이 일등공신일세."

"송구스럽습니다. 세자 저하."

"본격적으로 회의를 하기 전, 소장이 지원을 온 제장들에게 한 가지 여쭐 것이 있사옵니다."

말을 끊은 김여물이 고개를 갸웃대면서 묻는다.

"세자 저하와 조정에서 지원을 보내신 건 알겠지만 전투가 끝난 후 나흘이나 후에 도착했습니다. 왜군들이 어찌 알고 신속히 퇴각을 했을까요?"

백강과 정문부, 김덕령 등의 청천회 회원들은 이유를 잘 알고 있었다.

전란을 준비하면서 이런 경우를 몇 번이나 검토하면서 계획했기 때문이다.

그러나 영문을 모르는 다른 장수들은 어찌 된 일인지 이해할 수가 없었다.

"그러고 보니 충주성의 아군은 왜적이 갑자기 달아난 이유를 모르겠군요."

이덕형이 웃으면서 답을 해주었다.

"물론 왜병들은 우리가 남하하는 중이라는 걸 눈치챘을 겁니다. 하지만 그들이 퇴각한 결정적인 이유는 아니지요."

"결정적인 이유가 아니라고요? 그럼 어째서……?"

더욱더 영문 모를 소리를 하기에 충주성 장수들이 궁금해했다.

"백강 장군과 여러분이 조령과 충주성을 방어하는 데 성공하여 시일을 끄는 동안 전황에 변화가 있었습니다. 먼저 진주성의 김시민 목사가 일만 군대를 이끌고 적의 후방을 교란했고, 권율 장군이 광주에서 거병하여 중앙에서 적을 견제, 승전보를 전해 왔습니다."

"오오~ 김시민 장군과 권율 장군이!"

작은 승리이긴 했지만 뜻 깊은 승전이었다.

김시민은 원래 정식 진주 목사는 아니었다.

그러나 청천회 회원들의 노력으로 금방 진주목사가 되었고 차분히 전란 준비를 해 왔다.

왜병들이 쳐들어오자 군사를 일으켜 주위를 방어하고 적을 급습하기 시작하였다.

특히나 정여립이 이끄는 대동계가 그의 군 주력으로 크게 활약했다.

반면, 권율은 당시 광주 목사였는데 백성을 혹사시킨다는 탄핵을 받을 정도로 전쟁 준비에 몰두하였다.

전쟁이 발발하자 곧바로 병사를 일으켜 전라도를 향하는 길목을 방어하였고 일본군 수백 명을 베는 전과를 거두었다.

이 모두가 백강과 청천회가 준비를 한 결과물이었다.

"그리고 경상도와 전라도 각지에서 의병이 일어났습니다. 고경명, 정인홍, 김면, 한명련, 조헌 등이 각자의 고을에서 격문을 돌리고 군을 일으켰습니다. 특히 의령의 곽재우는 가장 먼저 의병을 일으켜 서너 차례의 승전보를 올린 다음에 군세를 늘려 이천의 병력으로 정암진에서 싸웠습니다. 왜장 '에케이'가 이끄는 이천의 병력을 정암진에서 격파 하여 전라도를 지키고 물러나게 만들었습니다."

"고마운지고~! 조선의 얼이 아직 죽지 않았군요!"

청천회 회원인 곽재우도 전란을 착실하게 준비하고 있었다.

그는 성격이 괄괄하여 관리가 되지 않았다.

지방에서 자비를 이용해 군비를 모으고 장정들을 수련시키고 있다가 왜병이 상륙하자 곧바로 의병을 일으켰다.

"고래로 이 땅에는 오랜 전부터 우리 조상이 터를 잡았고 그 은덕으로 살고 있으며 후손들에게 물려줘야 하느니라! 흉측한 왜적이 우리 땅을 유린하는데 어찌 백성이 되어 외면할 수 있겠는가. 믿을 것은 우리 백성의 의기뿐이다! 칼과 활을 잡아라! 분연히 일어나 함께 싸우자!"

처음 병력인 오십여 명으로 적의 보급부대를 계속 습격하여 공을 세우자 인근 병사들과 양민이 모여 금방 이천의 병력이 되었다.

왜군 육번대 고바야카와가 승려이자 장수인 에케이를 시켜 전라도를 공략하려 하자 정암진에서 수비를 했다.

늪지대와 숲을 이용하여 매복하고 있다가 습격하고 큰 타격을 입혔다.

이후 남강을 이용해 이동하려는 적을 공략하여 전멸 시키는 대승을 거두었다.

중국 수행 중에 가져온 붉은 옷을 전투 시에 즐겨 입었는데 그 때문에 '천강홍의장군'이라는 별명이 붙게 된다.

"그렇지만 가장 커다란 승전 소식은 바다에서 들려왔습니다."

"바다에서? 그렇다면 수군이?"

"그렇습니다. 전라 좌수사 이순신이 출진하여 잇달아 승전했습니다. 왜병의 수륙병진 전략을 완전히 와해시켰습니다! 거기에 놈들의 지원 병력이 들어오는 것도 힘들어졌고 강을 이용해 병량을 나르는 일도 불가능해졌습니다. 배가 고파서 아주 고달플 거예요!"

전라도 바다를 지키는 이순신은 왜군이 쳐들어오자 반격할 기회만 노리고 있었다.

경상 우수사 원균의 패전병들이 진영에 들어오자 전라 우수사 이억기가 오는 걸 기다리지 않고 곧바로 출전한다.

판옥선 46척으로 출진한 그는 옥포, 합포, 적진포에서 왜선 수십 척을 격멸했다.

사천 해전에서는 귀선(거북선)을 네 척(원래 역사에서는 두 척)을 포함시킨 전력으로 적을 유인하여 승리하였다.

사천 전투가 특별한 이유는 또 있었는데 진주성의 김시민과 연합 작전을 펼쳤다는 거였다.

이는 번번이 함선을 격파하면 육지로 도망가는 적을 분멸하기 위함이었다.

이번에도 유인당한 적들이 격파당하여 육지로 도망가자 매복해 있던 김시민의 육군이 공격하여 이천의 왜병을 전멸시키는 전공을 세웠다.

전멸당하는 일본군의 저항도 대단하여 총사령인 이순신이 총상을 입는 격전을 치른 끝에 승리를 거두었다.

"핫핫핫! 이거야말로 십 년 묵은 체증이 내려가는군요! 아주 기쁜 소식들입니다!"

"아주 통쾌합니다! 함선이라함은 쉽게 보충할 수 없는 것들이고 적 수군마저 분멸하였으니 타격이 꽤 클 겁니다!"

좌중의 표정들이 아주 밝아졌다.

특히나 충주성에서 신립의 비참한 패배를 목도했던 장수들은 자신들이 조선의 마지막 보루라고 생각해 왔다.

자신들만 남아 전쟁을 치르는 것 아닌가 하는 불안감에 휩싸여 있었다.

조선 각지에 전우들이 남아 있고, 그들이 승전을 거두었다 하니 그 기쁨을 말로 표현할 수 없었다.

"이제 충주성에 조선의 군병이 모였으니 나머지 잔적들을 전부 소탕해 버립시다! 단번에 몰아붙여 남해 바다에 몰아넣어 버릴 것이오!"

김명원이 호기롭게 외쳤고 이일도 동조를 했다.

"그동안 빠른 진격을 하느라 지친 데다가 조령, 충주에서 고전을 한 왜병들입니다. 즉시 추격하여 들이친다면 반드시 승전할 수 있을 겁니다!"

"마땅히 왜적들에게 지금까지 당한 참변의 보복을 해야 합니다!"

대부분의 장수들이 추격하자는 의견을 제시했다.

그러나 청천회 회원들과 백강은 입을 다물고 있었다. 광해군은 그들을 보고 의견이 다르다는 걸 눈치챘다.

"제장들의 의견도 일리가 있네. 하지만 제일선에서 분투를 한 장수들의 고견이 무엇보다 중요하다고 고려되네. 병마 절제사 공. 그대의 생각은 어떠한가?"

"병마 절제사가 충주에서 잘 싸우긴 했지만 아직 어리고 경험이 적습니다. 저희 노련한 장수들과 신료들의 말을 따르시지요."

이일이 웃는 낯으로 광해군에게 그리 권했지만 광해는 고개를 저었다.

"오늘 날 우리 사직이 유지될 수 있었던 건 모두 충주 목사의 공이요. 그의 의견을 듣지 않는다면 누구의 의견을 듣는단 말이오?"

"세자 저하… 차라리 개경에 있는 상감마마께 알리시어 다음 전략에 대해 성교(왕의 지시)를 기다리심이……."

"그대는 나를 능멸하고자 함인가! 지금은 내가 아바마마를 대신하여 조정을 이끌고 있음을 정녕 모른단 말인가!"

"저하… 송… 송구하옵니다……."

아직 어린 광해를 우습게 보았지만 그는 절대 만만하지 않았다.

자신의 주장이 확고했다.

"병마 절제사. 생각해둔 전략이 있거든 어서 말해보게."

"신, 백강. 삼가 아뢰옵니다. 지금 당장 적을 추격하면 아니 되옵니다."

그가 말하자 지원 온 장수들과 신료들이 모두 화를 냈다.

"그게 무슨 소리인가? 지금 같은 호기를 두고 추격하면 아니 된다니?"

"머뭇대면서 시일이 흘렀다가 기회를 놓치면 천추의 한이 될 걸세!"

세자가 손을 흔들어 그들의 말을 막았다.

"지금은 병마 절제사의 전략을 듣고 있음이야. 그대들은 입을 다물게."

추상같은 목소리에 반대 인사들이 조용해졌다. 얼마 전 세자가 된 인물답지 않게 광해는 자신만만하고 위엄이 넘쳤다.

"어서 말해보게. 어째서 당장 적을 추격하면 아니 된다는 것인가?"

"신 백강 아뢰옵니다. 지금 왜적이 잠시의 곤궁함으로 인해 물러났지만 상륙한 적의 지원군이 십만이 넘사옵고 합류하게 되면 십팔만에 달하옵니다. 세자 저하와 여러 신료분들이 최대한 지원군을 모아 오셨지만 왜적의 병력 수의 삼할도 되지 않으니 정면대결은 불가하옵니다. 또한 적은 단병접전에 능하고 오랜 전란으로 인해 사납고 흉폭하며 거칩니다. 그에 반해 우리 조선 병졸은 평화에 젖어 있었는지라 궁시를 제외하고는 백병전으로 왜적을 당해내기 어렵습니다. 북방에서 명성을 날리던 도순변사 신립 공마저 회전(會戰)을 통해 허무하게 패한 사실을 잊으면 아니 될 것이옵니다."

"그게 무슨 약한 소리요! 장수가 되어서 그리 기백이 없어서야!"

신할이 크게 혼을 냈지만 백강은 화를 내지 않고 침착하게 반박했다.

"기백으로 전쟁을 하오리까? 소장은 패배의 요인은 한 가지도 남기고 싶지 않소. 우리 조선을 짓밟은 왜적들에게 절대로 승리의 기쁨을 주고 싶지 않소! 그러하기에 필승의 조건이 성립되었을 때만 싸울 것이오! 그것이 잘못이오이까!"

"어허~!"

백강이 기운을 끌어 올리자 회의장 전체가 후끈 달아올랐다. 그에게 기백이 없다는 소리가 헛소리임을 증명해 보이는 거였다.

"그렇다면 병마 절제사의 전술은 어떤 것이오이까?"

"'사면 압박 전략'을 썼으면 하오이다."

마치 준비를 해온 것처럼 품 안에서 지도를 펼쳐 보였다.

훗날 김정호의 대동여지도처럼 조선의 상세한 지리가 적힌 지도였다.

동방상단에서 은밀히 제작하여 배포한 물건으로 이 또한 많은 이문을 남긴 바가 있었다.

"사면 압박 전략이라? 네 방면에서 적을 압박하자는 뜻인가?"

세자가 묻자 백강이 고개를 끄덕이며 지도와 함께 설명을 시작했다.

"그렇습니다. 첫째 면은 바로 우리, 충주에 있는 중앙군입니다. 우리는 충주성에 근거지를 마련하고 조령, 죽령, 추풍령에 진지를 구축, 왜적이 절대로 더 이상 북상하지 않도록 방어 기지를 완벽하게 구축합니다. 그 뒤에 북방의 병력과 군비, 군량을 모아 남하하여 잃어버린 요충지를 수복하고 적을 압박해 들어갑니다."

백강이 빨간색 염료가 있는 붓으로 상세히 그려서 이해하도록 쉽게 표시해 주었다.

"두 번째 면은 전라도 방향입니다. 권율 장군이 웅치, 이치 부근에 진영을, 김시민 장군은 진주성에 진영을 차려 방어태세를 갖춥니다. 군량이 부족해진 왜적은 틀림없이 곡창지대인 전라도를 노릴 것입니다. 그때 두 장군이 그걸 방어한 다음에 서에서 동으로 적을 압박해 들어갑니다."

"그렇다면 세 번째 면은?"

"세 번째 면은 바로 수군입니다. 이순신 장군이 이끄는 수군은 현재 조선군 중에 유일하게 공격태세를 갖출 수 있는 전력입니다. 거제도쯤에 진영을 마련하여 적의 함선을 계속해서 격파하고 나아가 부산항까지 괴롭힐 겁니다. 왜적은 보급이 원활하게 이루어지지 않으면서 엄청난 괴로움을 느끼게 될 것입니다."

수군의 활약이 이어지면 이후에 일본 본국에 반격을 가할 계획도 있었지만 거기까지는 아직 시기상조라 설명하지 않았다.

"수군까지 전부 나왔는데 네 번째 면은 그럼 어디란 말이오?"

"네 번째 면은 바로 의병들입니다. 그들은 적진 안과 밖에 있으면서 유격전으로 그들을 괴롭힐 겁니다. 왜적의 보급선을 끊고 군량 운반을 못하도록 만들 테니 저들은 많은 수가 모이지 않고는 이동하기 어려울 겁니다. 당장 의병들을 관군으로 편입하여 상세한 전략을 가르치고 함께 움직여 주어야 합니다."

세자가 허리를 펴면서 생각에 잠긴 목소리로 다시 물었다.

"허나 그럼 언제 왜적들을 완전히 격파할 수 있단 말인가?"

"네 방향에서 적을 압박하다 보면 적이 스스로 무너질 가능성이 크옵니다. 하오나 스스로 무너지지 않고 우리가 그들을 격파할 터. 중앙군이 십만 이상이 모이고 정예화가 되면 남하하여 네 방면에서 일제히 적을 공략하여 전멸시킬 것입니다. 소장의 예상으로는 다섯 달 내로 가능할 듯 싶습니다."

"다섯 달? 다섯 달이나 간악한 왜적들을 우리 땅에 놔두자는 소리인가?"

김명원이 자리에서 일어나며 큰소리를 질렀다.

"도원수 나리. 왜적은 삼십만에 달하는 정예군이옵니다. 지금 서두르다가는 다섯 달이 아니오라 전 국토가 저들에게 유린될 수 있나이다. 전쟁은 감정으로 하는 것이 아니옵니다. 인내심을 가지고 확실한 승기를 잡아야 하는 법입니다."

"허어~! 지금 경상도가 왜적들에게 짓밟히고 있어! 어째서 보고만 있자는 겐가? 세자 저하! 저자의 말을 들어선 아니됩니다! 당장 왜적을 공략해야 하옵니다."

"도원수는 아주 자신만만하네 그려."

세자가 냉소를 띄우며 김명원을 쳐다보았다.

"왜병의 총소리 한 번 들어보지 못했으면서 어찌 그리 큰소리를 칠 수 있단 말인가?"

"저…하…….""

"나는 병마 절제사의 의견에 동의하네. 다른 제장들은 어떤가?"

때는 이때라 류성룡이 자리에서 일어났다.

"병마 절제사의 전략이 빈틈이 없고 정확하옵니다. 비록 당장 적을 몰아내지는 못할지언정 침착한 전술로 확실한 승리를 추구하는 듯하옵니다. 그러나 당장 쳐들어가자는 도원수의 의견에도 일리가 있사오니 이렇게 하면 어떠겠습니까?"

"어떻게 말인가?"

"우리가 급히 내려오느라 정예병이 아닌 건 사실이옵니다. 그러니 조령, 죽령, 추풍령에 방어진을 꾸리자는 병마절제사의 의견을 채택하시옵고, 그 이후에 도원수 대감의 의견대로 쳐들어갈 기회를 엿보는 것이옵니다."

"그것 참 묘책이로고. 두 가지 의견을 절충하자는 것이로군."

"그러하옵니다."

류성룡과 백강은 사면압박전략을 함께 기안했고 수백 번이나 검토를 하였다.

그런데도 능글맞게 반대의견마저 수용하는 걸 보고 백강이 속으로 혀를 내둘렀다.

'과연 정치에 있어서는 서애 대감을 따를 수가 없구나.'

"아주 좋은 전략이옵니다."

"소승들도 이견이 없사옵니다."

"병법에 이르기를 군의 움직임은 급한 것보다 정확한 것이 낫다 하였사옵니다. 세자 저하의 전략이 무척이나 절묘합니다."

때를 맞춰 이항복, 이덕형, 황진 등이 찬성하고 나섰다.

청천회 회원이 아닌 유극량과 김여물 등도 적극 찬동하는 모습을 보였다.

"자! 당장 오늘부터 움직이도록 하지. 일단 제장들이 구역을 나누어 방어진지를 구축하고 정탐조와 경계병을 빈틈없이 보내도록 하게! 병마 절제사와 황진, 사명대사 등은 조총술과 백병전 훈련 등, 병사들의 훈련을 맡아 하도록 하고!"

"명 받들겠습니다!"

"소신이 한 말씀 올리겠습니다."

군사회의가 거의 끝나가는 분위기에 이덕형이 건의를 올렸다.

"무슨 할 말이 있는가? 한음?"

친구이자 동료인 이항복도 이덕형이 무슨 이야기를 꺼낼지 몰라 궁금해하였다.

"제가 왜적들의 진영에 내려가 볼까 하옵니다. 윤허하여 주시옵소서."

"그게 무슨 큰일 날 소리인가?"

"우리도 방어진지를 구축하려면 시일이 필요하고 적정을 살피는 일도 필요합니다. 또한 무작정 싸움만 추구할 것이 아니라 적을 달래서 온건파들을 설득할 수도 있을 듯하옵니다. 신이 그 역할을 하겠사오니 맡겨 주시옵소서!"

"아니 될 말일세! 너무 위험하이! 차라리 내가 가겠네!"

이항복이 토끼눈을 하고 말렸으나 이덕형이 안심하라며 웃어 보였다.

"형께서는 성정이 급해 아니 됩니다. 나같이 침착한 인사야 가능합니다 그려."

"지금 농을 할 때인가?"

"농이 아니라 사실이지요. 제가 형보다 훨씬 침착한 것은 사실 아니오이까? 허허허."

광해가 류성룡을 쳐다보며 의향을 묻자, 고개를 끄덕여 허락하라 신호를 보냈다.

백강도 조정 중신 중에 한 명이 적정에 다녀와야 할 필요성을 느끼긴 했지만 너무 위험하여 말을 꺼내지 못하고 있었던 것이 사실이다.

"그렇다면 이천리와 신명철을 호위로 붙여줄 테니 조심히 다녀오도록 하라."

"감사하옵니다. 세자 저하!"

* * *

군사회의가 파하고 각자가 맡은 바 임무로 움직일 무렵, 김명원이 바삐 걸어가 이일을 잡았다.

"이건 말도 안 되는 전략이오! 적을 놔두고 이곳에 머물다니!"

"제 말이 그 말입니다! 저같이 노련한 장수를 놔두고 젊은 장수의 의견만 따르시다니… 에잉~!"

"말끝마다 제 형님의 패전만 언급하시니 속상해 죽는 줄 알았습니다!"

옆에 있는 신할도 분통을 터트렸다. 그는 신립의 동생이었다.

"아무래도 아니되겠네. 당장 주상 전하에게 서찰을 보내야겠으이."

"네? 그렇다면 세자 저하의 명에 불복하시겠다는 말씀이십니까?"

"나라가 위기에 처했으니 어쩔 수 없지 않은가? 주상 전하께서는 분명히 현명하신 성교를 내려 주실 것이야."

"알겠습니다. 제가 쓸 만한 전령병을 골라 놓을 터이니 어전에 글을 써 주십시오."

"홍. 국난 때문에 겨우 세자가 된 주제에 마치 국왕이라도 된 듯이 잘난 척을 하는 꼴이라니! 아직 나이도 어린 주제에 정신을 못 차렸어! 한 번 혼이 나봐야 할 걸세!"

"여부가 있겠습니까? 대감께서는 도원수이십니다. 당연히 대감의 뜻대로 전쟁을 치러야지 어디서 자꾸 참견을 합니까? 참견을!"

김명원, 이일, 신할은 머리를 맞대고 전략을 전환할 방안을 강구하였다.

백강의 제국

누구를 위한 패전인가

"사면 압박 전략이라니? 하루라도 빨리 왜적을 몰아내야 할 때에 어찌 이런 헛된 전략을 내세운단 말인가?"

평양의 행재소(왕이 임시로 머무는 장소)에는 거친 목소리가 터져 나왔다.

신료들 앞에서 분조를 질타하는 선조의 음성이었다.

분조에서 세자가 올린 상소도 도착을 했다.

그러나 선조는 김명원이 올린 비밀 연통을 더욱 무게감 있게 보고 있었다.

이는 세자를 믿지 않는다는 뜻이기도 했다.

"현지에서 적을 충분히 살펴본 병마 절제사가 올린 전략

이라 하옵니다. 충분히 일리가 있사오니 논의를 해 보면
될 터입니다."

"말도 안 되는 소리!"

이원익은 분조와 광해군을 두둔했지만 곧 서인의 영수인
윤두수의 강력한 반발을 샀다.

"당장 왜적을 공략해야 할 때에 이 무슨 망발이란 말입니
까? 당장 명을 새로이 내리셔야 하옵니다!"

"도제조(윤두수의 벼슬)도 그리 생각하는가?"

"마땅히 그러하옵니다! 지금이 적을 몰아낼 적시옵니다!
겁보들의 의견은 들을 필요가 없나이다!"

윤두수는 원래부터 고집이 강했고 말투가 강경했다.

심지어는 임금인 선조에게도 필부(匹夫, 신분이 낮은 사
내)가 아니냐며 심한 충언을 하다가 파면당한 적이 있을
정도였다.

"어허! 대감! 겁보들이라니? 조령과 충주에서 대승을 거
둔 장수들입니다. 그들이 어찌 흰소리를 하겠소이까? 그
리고 지금 당장 사면 압박 전략을 기용한다는 보고를 올린
것도 아니올시다. 그저 일단 방어 태세를 갖추어 놓고 때
를 보자고 하는 것인데……."

"병조판서 김응남 아뢰옵니다. 사태가 급박하니 어서 결
정을 내려야 한다고 보옵니다."

"이산해 아뢰옵니다. 사태가 급박하긴 하오나 이번 일이

쉬이 결정할 문제가 아니라고 봅니다. 조정에서 충분한 의논이 있어야 될 것으로 판단되옵니다."

당파 싸움이 어지러운 조선 조정답게 동인, 서인이 나누어져서 의견이 난무했다.

이원익을 위시로 분조를 동조하는 측 그리고 윤두수를 필두로 당장 쳐들어가야 한다는 측, 이산해를 중심으로 일단 지켜보자는 측으로 의견이 나누어졌다.

그들은 며칠 동안 이 문제를 가지고 갑론을박 토론을 계속했다.

"짐이 명나라에 충절을 다하느라 미친 왜적들에게 노여움을 산 모양이다. 그것이 나의 실국(失國)이니라."

조정 논의가 길어지자 선조가 또다시 자신을 자책하면서 은근히 명나라를 언급했다.

이는 명나라에 자신이 몽진을 가거나 지원을 청하자는 뜻을 간접적으로 다시 드러낸 셈이었다.

"난을 당하면 임금은 진려(振勵 전력을 다해 떨치고 일어남)하여야 하고 신하는 마땅히 사직과 함께 죽어야 하옵니다. 성상께서는 마음을 굳게 드시고 신들을 믿어 주시옵소서!"

윤두수는 요동으로 몽진하려는 선조를 강력하게 반대했다.

또한 자꾸 자책하는 선조의 못난 모습도 꾸짖는 식으로

만류했다.

"백성들이 눈물짓고 강토가 짓밟히니 짐의 마음이 아프기 그지없구나. 다른 승전보는 올라오지 않았더냐?"

"이후로 올라온 것이 없었사옵니다."

"그렇다면 더욱더 힘을 내야 할 것이 아니더냐? 어째서 충주의 분조는 제자리에만 머물려고 하는고?"

"충주의 승리로 만백성이 흡족해했사옵니다. 지금 당장 그들을 부추기는 것은 옳지 않다고 사료되옵니다. 통촉하여 주시옵소서."

"아니옵니다. 도제찰사(류성룡의 벼슬)을 비롯한 예하 장수들은 애초에 왜적의 상륙을 막지 못한 대역죄인들이옵니다. 그들의 말을 듣지 마시옵고 당장 출전을 명하여 주시옵소서."

아무리 의논해도 제자리걸음이니 선조가 한숨을 쉬고 의제를 바꾸었다.

"어량이 적고 올라오는 음식이 곤궁해지니 이는 어인 연고인가?"

"군량미를 충족시키기 위해 식량을 내려 보냈나이다."

"앞으로는 평양의 식량 사정을 살피어 보내도록 하라."

이후로도 여러 가지 안건이 나와 대신들과 의논을 하였다.

허나 선조의 머릿속에는 계속 다른 생각이 떠오르고 있

었다.

'세자 책봉은 과연 나의 실책이었는가? 류성룡을 비롯한 일부 대신들의 건의에 내가 너무 성급히 정한 바가 있는 듯하다. 분조를 내리자마자 준비했다는 듯이 당당한 것이 심상치가 않아. 이번 전쟁에서 이와 같은 전략을 고집한다면 세자를 폐할 명분이 생길 수도 있을 터. 과연 사면 압박 전략을 윤허해야 할지 말지 고민이 되는구나.'

그는 벌써부터 분조의 힘을 꺾고 세자를 폐할 궁리부터 하고 있었다.

* * *

선조는 그의 성격대로 애매한 결론을 내렸다.

사면 압박 전략을 윤허하지도 않고 그렇다고 반대하지도 않는다는 결론을 내린 것이다.

그렇다면 아예 충주성에 있는 분조에게 모든 권한을 주었어야 하는데 그도 아니었다.

장수들에게 평양에 있는 자신의 뜻을 따라 진격하라는 명을 내려 버렸다.

이는 분조에 있는 세자를 깔아뭉개는 동시에 조선군의 전략에 혼선까지 가져오는 최악의 수였다.

가뜩이나 힘을 합쳐 왜적으로 몰아내야 할 시기에 오히

려 분란을 가져오고 있었다.

"소신 무사히 다녀왔나이다!"

"오오~! 한음 경. 고생하였소이다."

이덕형은 고니시 유키나가와 회담을 하고 무사히 돌아왔다.

그들은 여전히 정명가도를 주장하며 조선에게 길을 양보할 것을 주장하여 성과는 없었지만 적정을 살피고 적장들의 상태를 파악할 수는 있었다.

"회담은 소서행장이 혼자서 이끌었고 가등청정이나 흑전장정(구로다 나가마사)는 탐탁지 않아 보였습니다. 대화를 이끄는 내내 참여하지 않거나 견제하는 행동만 취했나이다."

돌아온 이덕형은 그렇게 보고를 했다.

"적장들은 서로를 믿지 못하고 다투며 불화했습니다. 그러나 그들의 군사는 여전히 삼만에 달하고 기세가 흉흉하여 만만치 않았습니다. 후방의 지원병들과는 아직 합류를 하지 못한 상태였습니다."

"그거 잘 되었군요. 우리가 방어태세를 갖출 때까지 공격을 가하지는 못하겠어요."

"맞습니다. 자신들의 안위를 걱정하느라 선제공격까지 고려하지는 못하는 듯 보였습니다. 오히려 목책을 세우는 등, 방어에 주력하는 느낌이랄까요."

이덕형의 목숨을 건 적정탐지로 며칠 동안은 안심하고 방어진지를 구축하며 시일을 보낼 수 있게 된 조선군이다.

왜적에게 진격의사가 없다는 걸 안 것만으로도 이번 회동은 헛된 발걸음이 아니었다.

"기회가 왔소이다. 상감마마의 명이 있으니 분조 따위는 무시해 버립시다! 당장 일군을 이끌고 남하하여 적을 칩시다!"

도원수 김명원이 기쁜 낯으로 이일을 찾아왔다. 그러나 기뻐할 줄 알았던 이일은 그리 반기지 않았다.

"나리. 우리가 세자 저하의 명을 어기고 움직일 수 있는 병력은 이천에서 삼천에 불과하옵니다. 겨우 그 병력을 가지고……."

"무슨 소리를 하는 겐가? 자네가 지친 왜적 따위야 단숨에 격파할 수 있다고 하지 않았는가?"

"그건 충주의 중앙군이 전부 움직일 때의 결과를 말씀 드린 겁니다. 백강과 김덕령이 이끄는 개마무사단이나 승병들 같은 정예병이 없이 강제 소집한 군사 이, 삼천 가지고는 왜적에게 이길 수 없습니다. 불가합니다."

한양에서 내려온 김명원과 달리 이일은 일본군과 격투를 치러 보았고 패배를 해 보았다.

그들이 얼마나 무서운지 잘 알고 있었다.

정치는 정치일 뿐, 전투는 정치로 할 수 있는 게 아니었다.

"약한 소리 그만하게. 상감마마의 명을 따를 텐가 아니면 입지도 굳어지지 않은 세자를 따를 텐가? 정녕 앞으로의 관직을 생각지 않는단 말인가."

"아이고~ 도원수 대감~ 이러지 마세요."

결국 유월을 맞이하여 열흘이 지난 날 그들은 어리석은 짓을 저지른다.

김명원과 이일은 강원도 방향의 울진을 정찰한다는 명목으로 군사 이천을 빼돌려서 목적과 달리 급히 남하한다.

독자적인 공격을 결정한 것이다.

원래부터 그들과 같은 의견이었던 장수 신할은 그렇다치고 장수 고언백은 어쩔 수 없이 그들을 쫓아가야 했다.

진군 도중에야 문경의 적을 친다는 사실을 안 고언백은 위험한 일전이라는 걸 알았지만 자신들의 수하를 지휘하기 위해 함께 참전을 해야 했다.

"이길 수 없습니다. 어째서 이러시는 겁니까?"

"겁이 나면 도망쳐서 머리에 피도 안 마른 절제사에게 이르지 그러나?"

신할은 그를 보고 계속 비웃었다.

"나와 함께 훈련하고 싸워왔던 수하들이 함께하고 있습니다. 저만 달아나란 말입니까?"

"이보게! 우리는 이길 수 있어! 적은 지쳐 있단 말일세!"

"그렇다면 저의 전략을 따라 주십시오. 반드시 야간에 기습해야 하고, 곧바로 퇴각해야 합니다. 알아 들으셨습니까?"

"알았네. 알았어."

충분히 합리적인 고언백의 전략은 도원수인 김명원에 의해서 거절당한다.

조선의 선비들이 어찌 산적들처럼 야간에 기습할 수 있냐는 거였다.

예를 모르는 무도한 짓이라나 뭐라나.

"저놈들이 지금 저 꼴로 싸우자는 게야?"

대낮에 문경 앞에 나타난 오합지졸 조선군을 보고 가토 기요마사는 코웃음을 내뱉고 말았다.

"충주에서 물러났다고 우릴 우습게 본 건가? 저런 것도 군대라고 감히 이 가토님에게 덤빈단 말인가?"

십 분에 일도 미치지 못하는 병력 차이는 그렇다고 치자.

창과 칼도 잘 갖추지 못해 농기구와 죽창을 들고 있는 병사들이 대부분.

갑옷도 장수급의 인물들이나 걸쳤을 뿐, 나머지는 가죽 갑옷을 갖춘 것만 해도 감지덕지였다.

적군을 앞두고 대열도 어지러웠으며 웅성웅성 두려운 기색이 멀리서도 보였다.

"볼 것도 없어! 전부 다 죽여버려!"

가토 기요마사가 지시를 내리자 일본 보병대가 장창병을 앞세워 쳐들어갔다.

화살 몇 개가 날아온 것 말고는 아무 저항도 하지 못하고 혼비백산하는 조선 병졸들.

고언백같이 용감한 이가 나서서 후퇴를 막아 보려 했지만 한꺼번에 무너지는 대열을 어쩌지 못했다.

"어이쿠! 도망가라! 도망가!"

"뒤에도 왜군들이 있네! 어디로 도망가나? 에구머니나~!"

양떼를 모는 사냥개들처럼 조선군을 막다른 곳으로 몰아넣는 일본군이다.

일개 부대를 보내 퇴각로를 막고 조총수들로 장수급을 먼저 처리한 다음에 보병들이 사납게 쳐들어갔다.

그 다음부터는 전투라고 할 것도 없었다.

그저 살육의 현장일 뿐.

고언백과 신할은 고군분투하면서 열심히 싸워 여러 명의 적군을 쓰러트렸다.

그러나 중과 부족, 곧 수십 군데에 칼을 맞고 장렬하게 전사했다.

뒤에 남은 조선군은 저항이라도 해보려 했고 항복해보려고도 했지만 성난 왜군은 한 치의 사정도 봐주지 않았다.

이천의 조선 병졸이 전멸당하는 데 걸리는 시간은 한 식경(30분 정도)밖에 걸리지 않았다.

"어이가 없군. 죽고 싶어서 환장을 한 것들인가? 이건 도대체 무슨 의도지?"

용맹한 가토에게 있어서는 승전이라고 자랑할 만한 기분도 들지 않을 정도로 한심한 전투였다.

군사들은 앞에 보내놓고선 김명원은 도원수라 하여 뒤에 있었고, 이일은 패전할 줄 알고 아예 앞에 나서지도 않고 있었다.

전투가 시작되고 조선군 앞열이 무너지자 결과도 제대로 보지 않고 곧바로 하인들과 함께 도주에 나선 두 사람이었다.

"어서 달아납시다! 어서!"

"왜적들이 쫓아오는 것 아니요?"

"나도 모릅니다! 뒤도 돌아보지 마세요!"

왜병들 몇 명이 쫓아갔지만 워낙 빨리 도망가서 잡을 수가 없었다.

목격자에 의하면 산짐승보다 빠르게 달아났다고 전한다.

* * *

면목이 없는 두 관료는 충주성으로 돌아가지 않고 평양

의 행재소로 달아난다.

선조가 있는 어전에 가서 분조의 중앙군이 지원을 하지
않아 패했다며 책임을 전가한다.

하지만 분조는 커녕 누구에게 알리지 않고 몰래 군을 빼
돌렸다는 것이 여러 신료들의 증언으로 발각이 나고, 곧
책임을 지고 삭탈관직을 당하게 된다.

어이없는 패전에, 수천 명의 목숨을 죽게 만든 두 사람에
대한 벌은 그게 다였다.

그나마 몇 달 있다가 다시 복귀를 하게 되니 죽어간 사람
만 안타까울 뿐이었다.

"이런~ 이제 금방 몰아낼 줄 알았건만……."

"주상 전하! 걱정 마시옵소서. 장수들의 승전 소식이 금
방 들려올 것이옵니다."

문경에서의 어이없는 패배는 곧 잊혀 진다.

불과 닷새 뒤에 조선군은 더 어이없는, 더 엄청난 패배를
당하게 되기 때문이다.

"이대로 있다가는 탄핵 당하게 생겼습니다. 주상 전하의
명이 있으니 이제 가만히 있으면 안 됩니다."

"우리도 서둘러 군을 일으킵시다. 왜적들이야 우리의 한
번 공격에 도망가기 급급할 것이요!"

전라감사 이광, 전라 방어사 곽영, 충청도 순찰사 윤선
각, 경상도 순찰사 김수 등은 선조의 명을 받고 군사를 일

으키어 근왕병이라 칭하는데 그 수가 삼만에 달했다.

고을마다 집집마다 장정들을 찾아내 억지로 끌어내어 맞춘 숫자였다.

문관인 그들은 병기조차 제대로 갖추지 못한 농민군을 데리고 후방에 있는 왜군 전력을 공격하러 진격을 개시한다.

급보를 들은 권율이 급히 달려와 그들을 말린다.

"감사 나리! 적들은 험한 곳에 웅거하고 있고 기세가 흉흉합니다. 또한 후방에 있는 군들은 전방의 세 부대와는 달리 큰 전투도 치르지 않아 그 전력을 그대로 유지하고 있나이다. 국가의 존망이 이 전투에 달려 있으니 진중하게 방어를 하다가 승리할 때를 노려 들이쳐야 하오이다!"

중앙군에 있던 황진도 헐레벌떡 와서 만류를 한다.

"차라리 험한 산성에 들어가 적을 유인하여 싸워야 합니다! 절대로 넓은 장소에서 전투를 벌여서는 아니 됩니다!!"

그러나 근왕병을 이끄는 문신들, 이광, 곽영, 김수 등은 그들의 만류를 듣지 않는다.

"충주에서 어린 장수, 백강이 왜적을 격파하였소. 우리도 그리 하지 말라는 법이 없지 않소이까?"

"병마 절제사는 정예병을 거느리고 있었고 험한 산세와 성을 이용해 승전을 했소이다. 이와 같은 승전은 쉬이 할 수 있는 것이……."

"시끄럽소. 이러다가 전공을 모두 빼앗기면 어쩌려고 그러시오! 그러지 말고 광주 목사도 우리와 함께 진격합시다."

"소장은 전라도를 지키는 임무가 있습니다."

조선 팔도에서 올라오는 승전 소식으로 인하여 지방의 지휘부들은 착각을 하고 있었다.

일본군 따위야 군대만 이끌고 가면 바로 승리를 거둘 수 있는 것으로 말이다.

애초에 칼도 잡아본 적이 없는 문신들을 군부 지휘부로 앉혀 놓았으니 무리도 아니라 하겠다.

제아무리 적군의 강대함을 설명해 봐야 소귀에 경 읽기였다.

"같이 갈 것이 아니라면 더 이상 우리 앞길을 막지 마시오! 시간이 없소이다. 한 시진이라도 빨리 왜적을 격파하고 전공을 세워야 하니 비키시오."

제아무리 명의가 병을 고쳐주려 하여도 환자가 거부하면 고칠 수 없는 법이다.

권율과 황진은 물러날 수밖에 없었고, 근왕병들은 출발을 하였다.

대신에 권율과 황진은 중간급 장수들에게 설사 패하게 되면 군사들을 데리고 자신들의 진영을 찾아올 것을 누차

지시하였다.

보름달이 휘황찬란한 유월 보름 날, 근왕군의 선봉대 이천가량이 추풍령 넘어 직지산 부근에서 휴식을 취하고 있었다.

이때, 동쪽 방면에서 와키자가 야스하루가 이끄는 부대 천여 명이 갑자기 들이쳐 공격을 가한다.

경험이 적은 조선 농민군은 싸워 보지도 않고 달아나 버리고, 선봉대만이 퇴각할 시간을 벌기 위해 맞서 싸우지만.

백광언, 이지시, 정연 등의 장수들은 병사들과 함께 전사를 하고 만다.

"정말 그들이 전사했단 말인가? 그렇게 쉽게?"

전사한 백광언, 이지시, 정연은 그나마 근왕군을 이끄는 무신 출신들이었다.

그들이 전사하자 그들을 믿고 있던 수만의 병졸들은 사기가 급격히 하락을 했다.

다음 날, 조선군 본진은 할 일 없이 밥을 지어 먹고 있다가 공략을 당했다.

왜군 장수들이 탈을 쓰고 장검을 휘두르며 달려들자 충청 병마사 '신익'이 겁을 먹고 제일 먼저 도망쳤다.

"장군이 도망친다!"

"그럼 우리도 가야지!"

군졸들도 덩달아 도망을 치는데 '그 모양새가 산이 무너지고 하수가 터지는 듯하였다'라는 기록이 전할 정도였다.

"어… 어찌해야 되겠는가?"

"모르겠…나이다……."

이광, 김수 등은 30리 밖에 대기하고 있다가 함께 도망을 쳤다.

문신 출신인들 인지라 퇴각 병졸들을 수습조차 하지 못하고 도망쳤다고 한다.

삼만의 근왕병이 그렇게 봄에 눈이 녹듯이 한순간에 사라져 버렸다.

싸우지도 않고 도망친 거나 마찬가지여서 병력 피해는 그리 크지 않았다.

권율과 황진이 패잔병들을 수습하여 자신의 부대에 흡수하기도 했고 말이다.

문제는 군수물자와 군량, 사기였다.

당시 직지산에 조선군이 버리고 간 군수물자가 산더미처럼 쌓여 있었다고 하며 빼앗긴 군량미가 일만 석이 넘는다고 한다.

또한 전라도 부근의 조선군의 사기가 크게 떨어져 왜병만 보면 도망치는 일이 자주 발생하게 된다.

'직지 전투'는 전쟁사에 입을 담기 부끄러울 정도의 처참한 패배였다.

삼만의 대군이 일본군 이천에서 삼천의 병력에 완전히 격파되어 버린 전투였다.

일본군은 이 전투로 인해 기운이 크게 올라 자신감을 가지고 다음 전투 전략을 구상하게 됐다.

엎친 데 덮친 격으로 바다에서도 선조의 패착 덕분에 패전이 이어졌다.

"원균에게 경상 우수사를 맡겨 주십시오. 능히 바다를 지켜낼 무반이옵니다."

경상우수사 원균은 전란이 벌어지기 전에는 이렇게 제법 쓸 만한 장수로 평가받던 자였다.

그의 진면목은 금방 밝혀진다.

왜군이 부산포에 상륙하자 그는 칠십여 척의 자신의 함선을 전부 자침시키고, 병기, 군량미 등을 바다에 버린 뒤 배 한 척을 가지고 곤양으로 도망가 숨어 버린 것이다.

다행히 이영남, 이운룡, 우치적 등의 수하 장수가 남아 있던 배들을 챙겨서 수습하고 그들이 전라 좌수영에 합류하자는 권유에 그리로 피난을 간다.

전라 좌수사 이순신이 옥포, 사천 등지에서 빛나는 승리를 거둘 때에 세척 정도를 지휘하면서 힘을 보탠다.

"우리 승전 상소를 연명으로 함께 올리는 것이 어떻겠소?"

"한 번 고려해 보십시다."

전공을 위해 바다에 버려진 시체에서 적의 수급을 베느라 전투에는 제대로 참여하지 않은 원균.

그래 놓고도 조정에 올리는 승전 상소에는 끼어들고자 하였다.

이순신은 당연히 그를 배제하고 상소를 올렸다.

원균은 이 사실을 극히 분해하면서 자신보다 어린 이순신이 전공을 독차지하려는 욕심을 낸다며 조정에 비난을 일삼는다.

"이순신의 전략은 무용지물, 소극적입니다. 뿐 만 아니라 순신은 불충하기 그지없나이다!"

경상 우수사 소속의 장수, 우치적이 판옥선 열세 척을 구하여 합류하고 조정에서 지원을 받아(이도 동방상단의 자금에 지원을 받은 영향이다) 함선이 늘자 원균은 전라 좌수영을 떠난다.

이후, 이순신에게 복수하려는 일념으로 혼자서 전공을 올릴 전략을 궁리한다.

평양에서 내려온 명은 그러한 원균의 경쟁심에 기름을 부은 꼴이 되고 말았다.

"성상께서 적을 들이치라 하시니 곧 부산포를 공략하겠다!"

갑자기 내린 원균의 명령에 수하장수들은 모두 놀란다.

"영감! 불가하옵니다! 몇 차례의 승리를 우리가 거두었다고는 하나, 부산포에 있는 왜적의 함선은 아직도 칠백 척이 넘사옵니다. 우리는 겨우 스물세 척. 공격을 하려거든 전라 좌수영과 합심하여……."

"혼자서 전공을 독차지하려는 고집불통과는 더 이상 함께 싸우지 않겠다!"

황당하게도 그는 판옥선 스물세 척, 협선 열두 척, 사후선 스물두 척만 가지고 부산포를 공략하러 출진한다.

전라 좌수영이나 다른 곳에 어떤 지원도 청하지 않고 말이다.

출발 항해부터가 난관이었다.

일기가 좋지 않아 배가 많이 흔들렸고 노잡이들이 강한 해류 때문에 탈진을 일으킨다.

"전진! 전진하라! 망설이지는 자는 군율로 참해 버리겠다!"

안 좋은 상황과 수하들의 계속된 만류에도 원균은 계속 고집을 피우고 부산포로 간다.

결국 칠전량을 약간 지나 왜함선 열두 척과 조우한다.

"본관의 당파전술로 왜선을 격파하겠다! 적선을 향해 돌진하라!"

"네? 우수사 영감. 지금 적선과 부딪치겠다는 말씀이십니까?"

"너희는 좌수영의 귀선(龜船, 거북선)을 보지도 못했느냐? 우리 판옥선은 튼튼하여 왜선을 능히 당파시킬 수 있느니라!"

"불가합니다! 우리 배도 타격을 입을 겁니다. 귀선하고는 다릅니다!"

"시끄럽다! 어서 돌진하라!"

거리를 두고 화포로 적을 제압하는 이순신의 전술과 달리 원균은 적선을 향해 돌진해 들어간다.

이는 등선접전을 하는 일본수군이 바라는 바.

쾅~~!

큰소리가 나며 판옥선과 일본군의 주력선 세키부네가 충돌을 하였다.

과연 판옥선은 세키부네가보다 튼튼하고 커다랗기 때문에 일본배가 많이 부서졌다.

하지만 완전히 침몰시킨 것도 아닌데다가 부딪친 판옥선

도 밑부분에 균열이 가는 파손을 입었다.

"어찌 된 거냐? 배가 왜 이리 느려졌어?"

"우수사 영감! 좌현 바닥이 침수입니다!"

"뭣이?"

"적선이 접근하고 있습니다!"

원균이 탄 대장선이 느려지자 기회를 노리던 세키부네들이 개떼처럼 달려들었다.

빠르기에 있어선 평저선인 판옥선이 첨저선인 일본배를 당해 낼 수 없었다.

갈고리를 던지고 사다리를 던지면서 등선을 노리는 일본군들.

조선수군은 화살을 쏘고 장창을 들어 등선을 막으려 안간힘을 썼다.

"어찌 된 거야? 뭘 하고 있는 게야? 어서 놈들을 떨쳐내라! 어서! 내가 위험하지 않느냐?"

입에서 게거품을 물면서 명을 내리는 원균.

두려움 때문에 흰자가 드러나 있었다.

그는 이순신의 화포전술에 의해 격파되는 왜수군만 봐왔기 때문에 이렇게 위협적인 공격을 받을 줄 상상도 못하고 있었다.

그나마 화포 근접 사격으로 적선을 떨쳐놓고 탈출하는데 성공하는 대장선.

"사또! 이제야말로 반격을……."

"퇴각하라! 전속력으로 퇴각하라!"

"사또! 지금은 역류입니다! 퇴각하면 아니 됩니다!"

"어서 퇴각하란 명이 들리지 않느냐?"

부산진을 화려하게 공격하여 전공을 올린다는 구상은 이미 원균의 머릿속에서 사라진지 오래였다.

어떻게든 이 자리에서 벗어나 달아나야 한다는 욕구 외에는 아무 생각도 나질 않았다.

그렇게 조선 수군은 꽁지가 빠지게 달아났다.

그 와중에 한 척은 해류에 휩쓸려 난파당했다가 일본 수군에게 발각되어 침몰당한다.

제대로 싸워 보지도 않고 판옥선 한 척과 이백 명의 수군을 잃어버린 셈이 되어 버렸다.

이후에도 느낀 바가 있어서 재빠르게 퇴각하여 재정비를 했으면 좋으련만 원균은 그렇지도 못했다.

"술을 가져오너라!"

"나리!"

"어서!"

도망친 다음에는 칠천량에 정박하여 이틀 동안 술을 마셨다.

시일을 낭비하고 신세 한탄을 하며 지낸 것이다.

그는 진중에서도 술과 여자를 불러 즐겼다는 기록을 남

겼다.

전투에 나가서도 과음을 하는 만행을 저지른 것이다.

유월 열아흐레(19일) 날 일본 수군이 범시 정각(새벽 4시)쯤에 기습공격을 가했다.

수장이 무능하니 병졸들도 대처를 하지 못하고 속수무책으로 당했다.

아홉 척이 불에 타서 가라앉고 천 명의 병졸들이 죽임을 당하거나 수장을 당했다.

전라 좌수영으로 돌아간 판옥선은 겨우 여섯 척뿐이었다.

이것이 바로 칠천량 해전이었다.

패전지장 원균은 육지로 달아나서 행방이 묘연해졌다.

그의 생사는 한참 동안 밝혀지지 않았는데, 그 때문에 후에 큰 반향을 불러일으키게 됐다.

＊　　＊　　＊

조령, 죽령, 추풍령의 방어진지 구축을 감독하고 충주성으로 돌아온 백강은 잇따라 벌어진 패전의 소식을 이미 알고 있었다.

그는 충주성에 입성하자마자 세자인 광해를 만나러 달려갔다.

아니나 다를까 세자는 매우 침통한 표정으로 앉아 있었
다.

그의 주위에 류성룡, 이항복, 이덕형이 앉아 함께 대책을
논의하고 있었다.

"백 병사 왔는가? 수고 많았네."

반갑게 맞아주지만 모두들 힘이 없었다.

"세자 저하. 방어진은 차근차근 진행되고 있고 이제 마
무리 단계이옵니다. 이제 왜적이 세 군데를 돌파하려면 사
십만 군은 동원해야 할 겁니다."

"그거 참 잘 되었네."

광해의 표정은 나아지지 않았다.

처음 입성할 때 자신만만한 모습과는 천지 차이였다.

"왜 이렇게 기운이 없으십니까? 힘을 내십시오."

"병마 절제사는 소식을 듣지도 못하였는가? 상감마마의
명을 받들어 출진한 우리 군이 차례로 대패를 하였네."

"패배 때문에 마음이 상하셨사옵니까?"

"……."

물론 그 때문도 하겠지만 마음이 심란한 이유는 따로 있
었다.

자신을 믿지 못하고 따로 명을 내린 아비 그리고 분조의
명을 우습게 여기고 출진한 장수들 때문이 아니겠는가.

가까이는 아버지지만 군주로서 자신을 신임하지 않는다

는 말이었다.

일선의 장수들도 자신을 따르지 않는다는 증거였다.

눈치 빠른 백강이 그런 사실을 모를 리가 없었다.

"나는 아무래도 세자자리에 오래 머물지 못할 것 같네. 애초에 정실의 소생도 아니니 자격도 없었던 것 아니겠는가."

"어찌 이리 약한 말씀을 하십니까?"

"아바마마는 나를 전혀 도와주지 않으시고 오히려 방해를 하시네. 또한 모든 패전에 대한 책임도 나에게 씌우시려 하신다네. 아마 분조 해체에 대한 지시와 세자를 폐한다는 교서가 금방 내려올 것일세."

"조정의 여론이 그리한답니까?"

백강이 류성룡을 쳐다보자 그가 고개를 끄덕였다.

이원익이 필사적으로 막고 있지만 서인들뿐 아니라 이산해 같은 동인들도 묵인하는 형편이었다.

국왕의 뜻이 그만큼 강경하다는 말이었다.

"세자 저하. 차라리 잘 되었습니다."

"뭐라고? 그게 무슨 말인가?"

"환부(患部, 병 또는 상처가 난 곳)를 알아야 치료를 하든지, 잘라내든지 할 수 있는 겁니다. 이번 기회에 확실한 세자 저하의 친인사와 정책을 정해 놓을 수 있으니 차라리 잘 된 일입니다. 패전으로 인해 성급한 전투가 불가하다는 걸 세상천지가 알았으니 이제 세자 저하가 얼마나 영민한 전략을 제시했는지가 증명된 셈 아닙니까?"

백강은 원래 임진왜란에서 김명원, 김수, 이광, 원균 등이 얼마나 큰 패전을 했는지 알고 있었기에 그리 큰 충격을 받지 않았다.

지금 벌어진 패전은 그래도 규모가 작았고 부분적이었기에 원래 역사처럼 치명적이지 않았다.

오히려 이런 패전을 이용하여 군제개혁과 정권장악을 더욱 굳건히 할 수 있는 기회라 여기고 있었다.

원래 역사와 달리 이 정도 패전에서 끝날 수 있었던 것도 청천회와 자신의 노력 덕분이지만 다른 이들은 이런 사실을 알 리가 없었다.

여하튼 백강의 관점으로는 생각들을 해 보지 않았기에 모두가 어리둥절해했다.

"이렇게 하면 어떻겠습니까? 아예 평양으로 올라가셔서 주상 전하에게 석고대죄를 올리십시오."

파격적인 제안에 광해가 입을 벌렸다.

그렇지만 이항복이나 류성룡은 옳다구나 하면서 옆에서 지원을 했다.

"제가 성균관 유생들의 여론을 몰겠습니다. 세자 저하와 함께 연좌 농성을 할 수도 있을 겁니다."

"조정은 소신에게 맡겨 주십시오. 영상과 병판, 이판을 설득하는 일부터 하겠습니다."

"소장은 충주성의 사대부들에게 상소를 쓰라 하겠습니다. 아니, 아예 충주성 관민들을 대거 데리고 올라가시죠. 지금 충주성 사람들은 세자 저하를 천자처럼 우러러 보고 있습니다. 분명 큰 도움이 될 겁니다."

그래도 광해의 표정은 여전히 어두웠다.

"도와주신다니 든든하긴 합니다. 그렇지만 내가 이러면 이럴수록 아바마마의 견제는 더 강해질 겁니다. 오히려 여러분에게까지 피해가 돌아갈 수 있어요."

'패기가 부족하군.'

백강이 다가가 세자의 손을 잡았다.

놀란 세자가 쳐다볼 때 눈에 기운을 가득 쏟아 설득을 했다.

"세자 저하. 세자 저하는 선택을 하셔야 합니다."

"선택?"

"이대로 잘못을 인정하고 동궁전에 들어가 자숙하는 방법이 있습니다. 주상 전하가 이르는 말에 무조건 잘못했다고 빌고 나라에 무슨 일이 일어나든지 간에 죽은 듯이 지내는 겁니다. 그리하면 세자 자리를 유지할지도 모릅니다."

"그런……."

"아니면 저희의 충언대로 강하게 부딪치는 겁니다. 석고

대죄를 청하면서 주상 전하에게 굳건하게 따지는 겁니다. 내가 무얼 그리 잘못했냐고? 어째서 나에게 일할 기회를 주지 않느냐고? 그리고 보란 듯이 일어서서 전란을 승리를 이끌고 만백성의 지지를 얻어 당당하게 군왕의 자리에 오르는 겁니다."

"당당한 군왕이라……."

"선택은 세자 저하께서 하시기 바랍니다. 저 같은 무지렁이 무장은 그런 조언밖에 드릴 것이 없습니다."

백강이 단순한 무지렁이 무장이 아니라는 건 이제 광해도 잘 알고 있었다.

청천회 회원들처럼 자세한 건 모르지만 그가 조선의 변화를 이끌고 있으며 대단한 능력을 가지고 있음도 눈치채고 있었다.

그의 말대로 동궁전(세자가 머무는 궁)에 틀어박히면 살아남을 수는 있으리라.

'그렇지만 백강과 서애 대감 등은 이제 나를 돕지 않겠지. 다른 대안을 찾을 것이야.'

그제야 백강이 자신을 시험해 보고 있음을 알았다.

군주의 자격이 있는지, 없는지.

"선택을 하였네. 내 당장 평양으로 올라가겠네."

"세자 저하!"

"잠시 약한 모습을 보였구만. 앞으로는 이런 일이 없도록 하지."

"저희만 믿고 밀고 나가십시오. 뒤에서 만반의 준비를
해 놓겠습니다."

새로이 각오를 다지는 백강과 광해군이었다.

〈다음 권에 계속〉

어울림 BOOKS 신인 작가 대모집!

무한한 상상력과 뜨거운 열정을 가진 작가 여러분을 기다리고 있습니다.
창작에 대한 열의가 위대한 작품으로 꽃피울 수 있도록 저희 어울림 출판사가
여러분의 힘이 돼 드리겠습니다.

모집 분야 : 판타지, 무협을 포함한 장르 문학

모집 대상 : 열정을 가진 모든 작가

모집 기한 : 수시 모집

작품 접수 방법 : 이메일 또는 당사 홈페이지 원고투고란을 이용해
주십시오.

▷ 파일은 '저자명_작품명.hwp' 형식을 갖춰 주십시오.

▷ 파일 안에 포함되어야 할 내용

　　– 성명(필명인 경우에도 실명을 밝혀 주십시오), 연락처,
　　　이메일 주소, 집필 의도

　　– 현재 연재하고 계신 분은 연재 사이트와 아이디, 제목

　　– 전체 줄거리, 등장인물 소개(A4 용지 5매 이내)

　　– 본문(13～15만 자 이내)

채택된 작품은 정식 계약을 통해 출판물로 간행됩니다.
간행된 출판물은 당사의 유통망을 이용하여 전국 서점으로 배포됩니다.
※ 문의 사항은 **당사 홈페이지(www.oulim.com)** 또는
네이버 카페(http://cafe.naver.com/oulim0120)를 이용하시기 바랍니다.

경기도 고양시 일산동구 장항동 731 동하넥서스빌딩 307호
어울림 출판사 신인 작가 담당자 앞
전화 031) 919-0122 / **E-mail** flysoo35@nate.com